新訳　テンペスト

シェイクスピア
河合祥一郎＝訳

角川文庫
24045

The Tempest
by William Shakespeare

From
The first Folio, 1623

Translated by Dr. Shoichiro Kawai
Published in Japan by
KADOKAWA CORPORATION

目次

凡例

・一六二三年出版のフォーリオ版（Fと表記）を底本として訳出した。本作のクォート版（Qと表記）は存在しない。解釈のため、先行訳各種及び大場建治対訳・注解研究社シェイクスピア選集1『あらし』（二〇〇九）、藤田実編注大修館シェイクスピア双書『テンペスト』（一九九〇）ほか、以下の諸版を参照した。括弧内に本書に於ける呼称を記す。

・Gary Taylor, John Jowett, Terri Bourus, and Gabriel Egan, gen. eds, *The New Oxford Shakespeare: The Complete Works*, Critical Reference Edition, 2 vols (Oxford: Oxford University Press, 2015-7).（新オックスフォード全集版）

David Lindley, ed., *The Tempest*, The New Cambridge Shakespeare, Updated edition (Cambridge: Cambridge University Press, 2013).（ケンブリッジ版）

Virginia Mason Vaughan and Alden T. Vaughan, eds, *The Tempest*, The Arden Shakespeare, 3rd Series, Revised edition (London: Bloomsbury, 2011).（アーデン3版）

Stanley Wells and Gary Taylor, gen. eds, *The Oxford Shakespeare: The Complete Works*, 2nd edition (Oxford: Oxford University Press, 2005).（オックスフォード全集版）

Christine Dymkowski, ed., *The Tempest*, Shakespeare in Production Series (Cambridge: Cambridge University Press, 2000).（ディムコウスキー）

Stephen Orgel, ed., *The Tempest*, The Oxford Shakespeare (Oxford: Oxford University Press, 1987).（オックスフォード版）

G. Blakemore Evans, gen. ed., *The Riverside Shakespeare*, 2nd edition (Boston and New York: Houghton Mifflin, 1996).（リヴァーサイド版）

Anne Barton, ed., *The Tempest*, The New Penguin Shakespeare (Harmondsworth: Penguin Books, 1968).（ペンギン版）

Frank Kermode, ed., *The Tempest*, The Arden Shakespeare, 2nd Series, Revised edition (London and New York: Methuen, 1954).（アーデン２版）

John Dover Wilson, ed., *The Tempest*, The Cambridge Shakespeare (Cambridge: Cambridge University Press, 1921; 1971).（旧ケンブリッジ版）

Horace Howard Furness, ed., *The Tempest*, A New Variorum Edition of Shakespeare (Philadelphia: J. B. Lippincott, 1892).（集注版）

・〔　〕で示した箇所は、原典にない語句を補ったところである。

新訳　テンペスト

〔訳注　以下の場面と登場人物がプロローグのあとに印刷されている。原文のママ訳出する〕

場面　無人島

登場人物の名前

アロンゾー　ナポリ王
セバスチャン　その弟
プロスペロー　本当のミラノ公爵
アントーニオ　その弟、ミラノ公爵位簒奪者
ファーディナンド　ナポリ王の息子
ゴンザーロー　正直な老顧問官
エイドリアン&フランシスコ　貴族たち
キャリバン　野蛮で異形の奴隷
トリンキュロー　道化師
ステファノー　酔っ払いの執事
船長
水夫長
水夫たち

ミランダ　プロスペローの娘
エアリエル　空気の精
イリース
ケレース
ユーノー
ニンフたち
刈り入れる人たち
（以上）精霊たち

第一幕 第一場[※1]

雷と稲妻の激しい音が轟(とどろ)く。船長と水夫長登場。

船長 水夫長！

水夫長 は、船長。どうですか？

船長 君[※2]、水夫らに言ってくれ。大急ぎでかからないと座礁するぞってな。さあ行け。

退場。

水夫たち登場。

水夫長 ようし、みんな、頑張れ、頑張れ。ほら、急げ、急げ！中檣帆(トップスル)を下ろせ。船長の笛を聞き逃すな。[※3]〔嵐に向かって〕息が切れるまで吹きやがれってんだ。ただし、岸にぶつけてくれるなよ。[※4]

※1 底本となるF（フォーリオ）には「第一幕第一場」とあるのみで、場所や時の記載はない。A・ポープが「海上の船」と書き加えた版を訳す先行訳もあるが、場所指定は近代演劇以降の伝統であり、シェイクスピアは用いていない。

※2 原文にはGoodとある。『オックスフォード英語辞典』（OED）は、Goodmanと同じく、敬意をこめた呼びかけと定義する。

※3 船長は警笛で命令を出した。次ページでその警笛が鳴る。

※4 「船が岩に近づきすぎないかぎり、思う存分吹きまくれ」とする。アーデン3版も、ケンブリッジ版は解釈危険なほど岸に近いことを意味すると注記。

アロンゾー、セバスチャン、アントーニオ、ファーディナンド、ゴンザーローその他登場。

アロンゾー　水夫長、気をつけてくれ。船長はどこだ。〔船員らに向かって〕しっかり頼むぞ！

水夫長　どうか、下にいてください！

アントーニオ　船長はどこなんだ、水夫長。

水夫長　あの笛が聞こえないですか。邪魔です。船室にいてください！　あんたがた、嵐に手を貸してるようなもんだ。

ゴンザーロー　まあ、君、落ち着いて。

水夫長　そいつは海に言ってください！　どいて。この荒れ狂った波にゃ王様も何も関係ない。船室へ！　黙って！　邪魔しないでください。

ゴンザーロー　君、どなたを船にお乗せしているのか忘れないでくれたまえ。

水夫長　自分の命のほうが大事ですよ。あんた、顧問官でしょ。嵐よ静まれと命じて静めてくれるんなら、こっちも帆綱から手を放しますさぁ。さあ、権力を行使したらどうです！　できなきゃ、今まで生きてこられたことを感謝して、船室で、いざってときの覚悟をしとくんだな。——頑張れ、みんな！——そこをどいてくれって言ってんだ！

退場。

ゴンザーロー　あの男には大いに慰められるな。あいつの顔には溺（おぼ）れ死ぬ相は出ていない——絶対、陸で縛り首になる人相だ。運命の女神よ、あいつがちゃんと縛り首になるようにしてください。やつの縛り首の綱が、我らが命綱となりますよう。この船の綱は使い物にならない。やつが縛り首になる定めでないなら、我らが運命は絶望的だ。

一同退場。

水夫長〔再び〕登場。

水夫長　トップマストを下ろせ！　急げ！　下げろ、もっとだ！　主帆（メインスル）だけで、舳先（へさき）を風上に向けろ。（奥で叫び声）ちっくしょう――何、吠（ほ）えてんだ。嵐よりも号令よりもでかい声出しやがって。

セバスチャン、アントーニオ、ゴンザーロー〔再び〕登場。

水夫長　またかよ？　ここに何の用です？　諦（あきら）めて溺れることにしますか？　沈みたいんですか？

セバスチャン　うるさいぞ、わめくな。この罰当たりの、人でなしの犬め。

水夫長　じゃあ、あんたが働け。

アントーニオ　死ね、犬！　死ね、この下劣な無礼者、わめきおって！　我々はおまえたちのように溺れることを恐れてはおらぬのだ。

ゴンザーロー　こいつは溺れ死んだりしませんよ。この船が胡桃（くるみ）の殻のようにちっぽけで、月のものがきた娘みたいに水漏れしても。

水夫長　舳先を風上に、風上に向けろ！　前檣帆(フォアスル)と主帆(メインスル)で沖に出ろ！　岸から離すんだ！

水夫たちがずぶ濡(ぬ)れになって登場。

水夫たち　もうだめだ！　祈るしかない！　祈れ！　おしまいだ！

水夫長　何と、我らが口も冷たくなるのか。

ゴンザーロー　王も王子も祈っておられる。我らも同じ運命。一緒に祈りましょう。

〔水夫たち退場。〕

セバスチャン　もう我慢できない。

アントーニオ　飲んだくれどもに命を騙(だま)し取られるのだ。このでかい口をきく悪党が――おまえなんか、潮が十回満ち引きするあいだ、海に浸(つ)けて溺死(できし)させてやりたい！

ゴンザーロー　こいつは縛り首ですよ。海水の一滴一滴がそうでないと誓って、こいつを呑(の)み込もうとしてもね。

奥で混乱した騒ぎ。「助けてくれ！」――「船が裂ける、船が裂けるぞ！」――「さらばだ、女房、子供たち！」――「さよなら、兄貴！」――「船が真っ二つだ、真っ二つだ！」

アントーニオ　王とともに皆、沈みましょう。

セバスチャン　王にお別れの挨拶(あいさつ)をしてこよう。

〔ゴンザーローを残して一同〕退場。

ゴンザーロー　こうなると、広大な海と引き換えに、ほんのわずかな不毛な土地がほしいものだ——ヒースやハリエニシダの荒れ地でも何でもいい。すべては神の御心（みこころ）のままとは言え、乾いた陸地で死にたいものだ。

退場。

第一幕　第二場[※1]

プロスペローとミランダ登場。

ミランダ　もしもお父様の魔法で（愛しいお父様）[※2]、
海があんなに荒れ狂っているなら、どうか鎮めてください。
今にも空から、嫌な臭いのする黒いタール[※3]が降ってきそう。
海が天の頬まで盛り上がって、その火[※4]を
消し去ってくれているけれど。ああ、見ていられなかった、
あの苦しむ人たちを——立派な船が
（きっと立派な人たちが乗っていたんだわ）

※1　幕場割はFに基づく。ここより韻文。

※2　Fにはこのような丸括弧が多用されている。現代版では無視されたりダッシュに置きかえられたりしているが、トーンを落として発声することを示す記号ではないかと思われるので、この翻訳ではすべて残すことにした。恐らく心の声のように低く語るのであろう。「訳者あとがき」を参照のこと。

冒頭のミランダの台詞は韻律が乱れており、心が掻き乱されている様子を表現している。

※3　原文は「ピッチ」。粘弾性のある黒い樹脂。冷えると固まるので、船の水漏れを防ぐのにも用いられた。

※4　黒雲を引き裂いて光る稲妻を指す。

ばらばらに砕けてしまった。ああ、さっきの叫び声には
心が潰（つぶ）れる思いがした！　可哀想に死んだのね。
もしも私に神様の力があったなら、
海なんか大地の中に沈めてやったのに。
あの立派な船とそれに乗っていた人たちが
海に呑み込まれてしまうくらいなら。

プロスペロー　落ち着け。※5
もう恐れることはない。その憐（あわ）れみの心に教えてやれ、
何の被害もなかったと。

ミランダ　ああ、悲しい。

プロスペロー　大丈夫なのだ！※6
何もしていない。したのは、おまえのためを思ってのことだ。
（愛しいおまえ、わが娘）おまえのためだ。そのおまえは、
自分が何者であるかを知らず、私がどこから
来たかも知らず、私のことを、見るも哀れな岩屋の主人、
おまえのしがない父親プロスペローと思い、
それよりましな人間であることを知らぬ。

ミランダ　それ以上

※5　Be collected　OEDは「落ち着いている」という意味の用法（形容詞2番）でここを初例としている。
　強弱二拍の短い行であり、直前のミランダの弱強三拍の短い行と合わさって五歩格の韻文の一行を成す。このように韻文の一行を何人かで分割する行をシェアード・ライン（二人で分けるならハーフライン）と呼び、間髪を容れずに読む。テンポアップの効果がある。

※6　There's **no harm done**. / O, **woe the day**. / No **harm**.　太字は強拍。弱強が五回繰り返される韻文の一行が三分割されたシェアード・ライン。娘を安心させようと急くプロスペローの強い思いが表現される。

知りたいと思ったことなどありません。

プロスペロー　時が来た。
教えてやらねばならぬ。手を貸しておくれ。
この魔法のローブを脱がせてくれ。そうだ。※1
そこに休んでいろ、わが魔術よ。※2 涙を拭いて。大丈夫。
今、優しいおまえの心を打ち、憐れみの思いを
掻き立てたあの恐ろしい難破の光景は、
わが魔法によって前もって安全に
仕組まれていたもの。誰一人として※3――
そう、あの船に乗っていたどんな人間の、
髪の毛一本たりとて失われていないのだ。確かにおまえは
叫び声を聞きもし、船が沈むのを見もしたが。坐りなさい。
今こそ、おまえに話さなければならない。

ミランダ　お父様はこれまでも
何度か私の素性を話そうとなさってはやめてしまい、
私がいくら尋ねても空しく、「まだその時ではない」
とおっしゃるばかり。

プロスペロー　ついにその時が来たのだ。

※1　韻律上、ローブを脱ぐ間を「そうだ」の前にとってはならない。間をあけてよいのは「そうだ」の後（行と行のあいだ）である。リアリズムで演じると余計な間が生じがちだが、韻律を守って演じるとテンポアップする。

※2　エリザベス女王の右腕だった初代バーリー男爵ウィリアム・セシル卿（一五二〇～九八）は「夜、ガウンを脱ぐと『そこに休んでいろ、大蔵卿』と言った」と歴史家トマス・フラーは一六四二年の著書に記している。

※3　一六〇九年七月にバミューダ諸島付近で嵐に遭い、沈没したと思われた英国船の全員が助かった話に依拠しているとされる。本書巻末参照。

今こそ、おまえはその耳を開き、
しっかりと聴かねばならぬ。覚えているか、
この岩屋へやってくる前のことを？
無理だろうな。おまえはまだ
三歳にもなっていなかったから[※4]。

ミランダ　もちろん覚えています。

プロスペロー　何を？　どこかの家か、人か？
覚えていることを、何でもよいから
言ってみてごらん。

ミランダ　遠くにかすむ
夢のようで、記憶の中にはっきりあるとは
言えないけれど、私には、お世話をしてくれる
女の人が四、五人ついていませんでしたか？

プロスペロー　そうだ。もっといたんだ、ミランダ。だが、
よくそんなことを覚えていたな。ほかにどんなことが
見えるのだ、時を遡(さかのぼ)った深淵(しんえん)の暗い奥に？
ここに来る前のことを覚えているなら、どのようにして
ここに来たかも覚えているか？

※4　ここと直後の「十二年前」から、ミランダが十四歳とわかる。ジュリエットは十四歳に二週間足らず。ほかに十四歳で結婚する女性に『ペリクリーズ』のマリーナ、ベン・ジョンソンの『マグネティック・レイディ』の姪プラセンシア、ジョン・フレッチャーの『巡礼者』の男装の麗人アリンダなど。マッシンジャーの『女官』第二幕第二場に「十五歳の侍女は処女性が低い」という台詞もあり、十四歳で一人前の女とみなされていた。
　なお、『冬物語』のパーディタは十六歳、『ウィンザーの陽気な女房たち』のアン・ページは十七歳、『二人の貴公子』の牢番の娘は十八歳という設定。

ミランダ　　　　　　　　　　　　　　いえ、それは。
プロスペロー　十二年前のことだ（ミランダ）。
　十二年前、おまえの父はミラノの公爵で、
　国を統べる君主だった。
ミランダ　　　　　　　　では、あなたは私の父でないのですか？
プロスペロー　おまえの母は貞淑の鑑であり、その母が
　おまえは私の娘だと言ってくれた。[※1]　その父が
　ミラノ公爵だったのだ。その唯一の嫡子は、
　由緒正しき姫君だ。
ミランダ　　　　　まあ、何てこと！
　どんな悪だくみがあって、私たちはここへ？
　それとも幸運に導かれて？
プロスペロー　　　　　　両方だ、両方なのだよ。
　（おまえの言うとおり）悪だくみによって追い出されたが、
　幸運がここまで導いてくれた。
ミランダ　　　　　　　　ああ、心が痛みます。
　どんなにお父様にご苦労をおかけしたかと思うと。
　それも私の記憶にはないけれど。どうぞその先を。

※1　「母の子であることは疑いようがないが、父の子であるかどうかは母の証言を信用するしかない」というエリザベス朝時代特有のジョーク。当時流布していたcuckoldry（寝取られ亭主にされること）幻想を踏まえている。『から騒ぎ』第一幕第一場でレオナートが言う「これの母親が、わしが父親だと何度も申しておりました」や『恋の骨折り損』第二幕第一場「どなたの娘さん？……母親の娘さんです」や『ヴェニスの商人』第二幕第二場の道化ゴボーのジョーク参照。寝取られると夫の額に角が生えるという俗信があり、「寝取られ亭主、角が生えたもご存じない」という諺もあった。

プロスペロー　わが弟、アントーニオというおまえの叔父（おじ）が――
どうかよく聴いてくれ、血を分けた兄弟が[※2]
あんな裏切りをするとは――やつを、この世で
おまえの次に愛していたのに。国政も
弟に任せた。当時ありとあらゆる
公国の中でミラノはトップであり、
権勢に於（お）いても学芸に於いても、
プロスペローこそ並ぶ者なき
最高の公爵との誉れを得ていた。その学芸に
私は没頭し、政治を弟任せにして、
国事を忘れ、ひたすら秘術[※3]の研究に
没頭してしまったのだ。裏切りの叔父は――
（聴いているか？）[※4]

ミランダ　はい、一所懸命。

プロスペロー　どのように訴えを認め、どのように退けるか、
誰を取り立て、誰の頭を押さえるのかの手口を習得すると、
やつは私の部下だった者の首をすげかえ、新たに
自ら任命して自分の息のかかった者に変えてしまった。

※2　長子相続制だった当時、弟が兄を恨む構図は『から騒ぎ』『お気に召すまま』『ハムレット』ほかで多く描かれている。
※3　『隠秘哲学について』を著した十六世紀のドイツの魔術師・医師ハインリヒ・コルネリウス・アグリッパとの共通性を最初に指摘したのはアーデン2版編者カーモードだった。中世ルネサンスでは、魔術、錬金術、占星術などの研究が盛んだった。D・P・ウォーカー著『ルネサンスの魔術思想』やF・イエイツ著『魔術的ルネサンス』参照。
※4　括弧がついているのは、ふと思いついたように声を落として尋ねる意味合いか。「訳者あとがき」参照。

こうして役人と役職の鍵[※1]をすべてその手に握ると、
自分の耳に心地よい音色が出るように、
国中の心を調律した。やがてやつは
君主であるわが幹を覆い隠す蔦（つた）となって、
その樹液を吸い取ったのだ。聴いていないな？[※2]

ミランダ　いえ、聴いております。

プロスペロー　　頼む、聴いてくれ。
こうして私は世事を忘れ、すっかり引きこもって
わが心の修養に励むことに没頭した。
世間の理解を超えた深遠な研究であったが、
そうまでこもりきりになったために、わが不実な弟に、
悪しき心を目覚めさせてしまった。わが信頼は――
よい親がその愛を蔑（ないがし）ろにする子を産むように――
信頼が厚いだけに、より大きな裏切りを
生んだのだ。私は際限なく弟を信じていた。
果てしない信任を置いていた。それなのに
君主の力を得た弟は、その歳入だけでは飽き足らず、
わが権力を使って取り立てた。そのうち、

※1　key　音楽の「調」「調子」をも意味し、次行の「音色」と掛詞になっている。

※2　Fでは？だが、！に校訂する現代版もある（当時二つは容易に入れ替わった）。ケンブリッジ版は、プロスペローが繰り返し娘の注意を求めるのは、彼女の気がそれているからではなく、この話がプロスペロー自身にとって重要であり、ミランダ（と観客）に伝えなければならない緊急性があるからだとし、アーデン3版は、ミランダが聞いていないからではなく、弟の裏切りを思い出して興奮が募るからだとしている。

※3　having into truth by telling of it　構文のねじれがあるとされるが、making

嘘もつき通せば本当となるように、[※3]
記憶に、その嘘を信じさせる罪を犯させ、
自分でも自分が公爵だと思い込むようになった。
公爵代理として、公爵の外面（そとづら）をつけて振る舞い、
その特権を行使しているうちに。
こうして野心が頭をもたげ——
聴いているか？

ミランダ　このお話には、聞こえぬ耳も治るでしょう。[※4]

プロスペロー　自分が演じている役柄と、それを演じる
自分とのあいだの仕切り[※5]を取り払うため、やつは
名実ともにミラノ公爵になろうとした。私は（哀れなことに）
書斎だけで公爵領として十分だった。実際の統治が
私にできないと見たあいつは（権力欲しさのあまり）、
ナポリ王と手を結びおった。なんと、
毎年の貢物（みつぎもの）を捧（ささ）げて、臣下の礼をとり
自分の王冠をナポリの王冠の下に置き、これまで
屈服したことのないわが公国に（哀れ、ミラノよ）
屈従の恥をかかせたのだ。

it into truth by repeating it と解釈できよう。of it を oft (often) と校訂する説もある。

※4　何度も繰り返される「聴いているか」の問答がすべてシェアード・ラインになっているところがポイント。シェアード・ラインによるテンポアップで緊張を持続させようという工夫である。

※5　screen　OEDは10bの「障害としてあいだにあるもの」という定義の用例としてここを引いているが、ケンブリッジ版はその解釈のほかに「何かを視界から隠してしまう衝立」と解釈する可能性を考え、アントーニオにとって自分が公爵となるのに邪魔となるプロスペローを指すのではないかと示唆する。

ミランダ　まあ、何てこと！
プロスペロー　やつが呑(の)んだ条件とその結果を聞いて、
それでも弟と言えるか教えてほしい。
ミランダ　おばあ様の品行を
疑うのは罪というもの。※1 よい母から、悪い息子が
生まれることもありましょう。※2
プロスペロー　条件とはこうだ。
ナポリ王はわが不倶戴天(ふぐたいてん)の仇(かたき)だったが、※3
弟の申し出に耳を傾けた。すなわち、
弟が臣下の礼をとり、どれほどの額かは知らぬが、
ナポリに貢物を納める見返りとして、
直ちに私と私の子孫を公国から根絶やしとし、
美しいミラノを、そのすべての栄誉とともに
弟に与えようというのだ。そこで
裏切りの軍が召集され、運命の※4真夜中
アントーニオはミラノの城門を開き、
手先たちに命じて、暗闇に乗じ、私と
泣き叫ぶおまえ※5とを、急ぎ、そこから

※1　アントーニオとプロスペローの父親がちがうとすれば、祖母の姦淫を意味するので、そのような疑念を抱きたくないということ。
※2　当時の諺「よい牝牛も悪い子牛を産むことが多い」参照。18ページ注1参照。
※3　必ずしも史実に基づく設定ではない。十五世紀のイタリアでは、ナポリとミラノは敵対と連帯のあいだで揺れていた。
※4　Fated「運命の女神によって定められた」。OEDはここを用例としている。
※5　thy crying self　コールリッジは、crying という適切な一語を挟み込むことで強烈なイメージを形成しているのが天才の力だと絶賛している。

追い出したのだ。

ミランダ　まあ、ひどい。
そのとき泣いたことを覚えてないけれど、
今また泣きたくなります。聞いただけで
涙が絞られる思いです。

プロスペロー　もう少し聴いてくれ。
そうしたら、この話のそもそものきっかけである
嵐の話に辿り着く。[※6]そこまでいかないと、
この話に筋が通らない。

ミランダ　どうしてそのとき私たちを
殺さなかったのでしょう？

プロスペロー　よい質問だ。
今の話を聞けば、当然湧く疑問だ。殺せなかったのだ。
私が民衆に深く愛されていたからだ。[※7]それゆえ、
この謀叛に血腥い汚点[※8]をつけずに、
きたない目的をきれいに覆い隠そうとしたのだ。
手短に言えば、やつらは我々を急かして艀に乗せ、
何リーグ[※9]も沖に出た。そこには壊れた船の

※6　And then I'll bring thee to the present business / Which now's upon's (=now is upon us).「今私たちの上にある現在の件」とは、「ミランダは目の前で船が沈むのを見たが、実は何も起こっていない」というこの場の冒頭の話を指す。そのことを説明しようとしてプロスペローは語り始めたのだった。

※7　『ハムレット』第四幕第七場で、クローディアスもハムレットを直ちに処罰しなかった理由を「表立ってあいつを裁けない理由は、あいつが大衆にひどく人気があるためだ」と言っている。

※8　兄弟殺しの汚点。「創世記」4：15参照。

※9　一リーグは五キロメートル弱。

残骸のようなものが用意されていた。装備は
何もなく、索具も帆もマストもない。鼠でさえ、
本能的に逃げ出すような代物だ。そこに二人は
放り込まれたのだ。海に叫べば、海は吼え返し、
溜め息をつけば、風は憐れに思って吹き返してくれたが、
そんな思いやりは仇となった。※1

ミランダ　ああ、どれほど私は
足手まといとなったことでしょう。

プロスペロー　天使※2だった、
おまえは。私を支えてくれたのだ。その笑顔には、
天から授かった不屈の力がこもっていた。
私は海を塩辛い滴で飾り、あまりのつらさに
うめいていたが、おまえの笑顔を見て
何があろうと耐え抜いてみせるという
強い覚悟ができたのだ。

ミランダ　どうやって岸へ？

プロスペロー　天のお導きだ。※3
いくらかの食料と、新鮮な水があって、それは

※1　Did us but loving wrong　オクシモロン（撞着語法）。風が返す溜め息により海が荒れたということ。

※2　a cherubin　ケルビム（智天使）。翼を持つ可愛い幼児の姿で描かれることが多い。ここでは美しい女性を指す語としてOEDが用例に挙げている。

※3　弱強三拍分の短い行。あとに二拍分の間があり、プロスペローの言葉にならない感激と感謝が示される。オックスフォード版やアーデン2版が注記するように、偶然この島に流れ着いたが、ゴンザーローの慈善の心がなければ助からなかった、そのゴンザーローの心づくしも含めて、天の導きだと感謝しているのである。

ナポリの貴族ゴンザーローが慈善の心から
用意してくれたのだ。（この計画の指揮を
執るように命じられていたあの男は）立派な衣服、
下着、必要なものあれこれを用意してくれた。
それで今までずっと助かってきた。しかも、
気高いあの男は、私が本を愛しているのを知っていて、
私の書斎から、私がわが国よりも大事にしていた本を
何冊も持たせてくれたのだ。

ミランダ　　　　　　　　　そのお方に
お会いしたいものです！

プロスペロー　　　　　さあ、立ち上がるぞ、私は。※4
おまえはそのまま坐って、海難の結末を聞くがいい。
この島に我らは流れ着いた。そうして、ここで
私はおまえの教師として、どんな王家の子※5が受けるより、
ためになる教育を授けたのだ。たいていの王家の子は時間を
無為に過ごして、きちんとした教師もついていないからな。

ミランダ　そのお礼を天がしてくださいますように！
さて、教えてください。気になって仕方ないのです、

※4　Now I arise.「運命に沈んでいたが、今こそ浮かび上がる」という比喩的な意味もあるが、ここで実際に立ち上がって魔法のローブを着るのだろう。それまでにどこで坐るかは諸説あり。オックスフォード版は16ページの「坐りなさい。今こそ、おまえに話さなければならない」の直後に「坐って」と加え、旧ケンブリッジ版は17ページの「しっかりと聴かねばならぬ」の後、ケンブリッジ版は24ページの「天使だった」の前に加えている。

※5　FのPrincesseは清書をした筆耕ラルフ・クレインの書き癖であるため princes と読み、性別に拘らず王家の子を指すと解釈する。

お父様が嵐を起こしたわけが。

プロスペロー　これだけ知っておいてくれ。
不思議な巡り合わせにより、恵み深き運命の女神が
（今やわが愛(いと)しの女神となって）わが敵をこの岸辺まで
引き寄せてくれたのだ。しかも、私は予知能力により
わが頂点が、今こそ、最も幸先(さいさき)のよい星に
かかっていると知った。その力を無視したり
軽んじたりすれば、わが運命は永遠に
浮かばれることはないのだ。もう何も尋ねるな。
おまえは眠くなってきた。よきまどろみだ。
身を任せるがよい。逆らうことはできぬはず。
〔ミランダは眠る。〕
来い、わが家来、来い。もういいぞ。[※1]
現れ出(い)でよ、わがエアリエル。おいで。

エアリエル登場。[※2]

エアリエル　万歳、偉大なご主人様、偉いご主人様、万歳！
ご意向に従うために参りました。空を駆け巡り、

※1　I am ready now. 直訳すれば「準備はできた」。ケンブリッジ版が記すように、ミランダへの説明が終わったので、計画の次の段階へ進めるという意味。
※2　宙づりの仕掛けを用いた登場は、グローブ座でも可能だった。
※3　エアリエルの台詞の五行目を意味と韻律に合わせて改行し直すと **Task Ariel and all his quality** となり、きれいな弱強五歩格となるとする一八六一年のW・C・ジョーディンの読みに従う。これにより次のプロスペローの一行目は「テンペスト」までで五拍を刻むことになり、二行目がハーフラインとなる。
※4　ケンブリッジ版に従って、シェアード・ラインと解釈する。

水に潜り、火に飛び込み、渦巻く雲をも
乗りこなしましょう。その厳命に、
エアリエル、全力を尽くして従います。※3

プロスペロー　精霊よ、命じておいたテンペスト、
完璧にうまくいったか？

エアリエル　すべてぬかりなく。※4
私は王の船に乗り込むと、火の玉になって舳先へ行ったか
と思えば今度は船尾、甲板、船室と駆け巡り、
皆の度肝を抜いてやりました。ときには分身の術を使って、
いっぺんにあちこちで燃えました。マストのてっぺん、
帆桁、舳先、あれやこれやの先端で焔となって、※5
それからまた、一つの火の玉にまとまりました。
雷神ユーピテル※6の恐ろしい雷の先駆け、稲妻だって
及ばぬほどの、目にも留まらぬ早業です。硫黄の噴出する
火の炸裂は、最強の海の神ネプチューン※7をもやり込め、
その荒波を震わせるかに見えました。そう、
その恐ろしい三つ又の鉾さえぐらつくほど。

プロスペロー　すばらしいぞ、精霊、

※5　嵐の際、船のマストのあちこちの先端が同時に発光する「セントエルモの火」と呼ばれるプラズマ現象。一六〇九年のバミューダ海峡での遭難記録や一五一九～二二年のマゼラン探検隊の記述に言及あり。エリザベス朝の探検家ジョン・デイヴィス（一五五〇頃～一六〇五）もこれを経験しており、当時多数の資料があった。本書159ページ参照。
※6　Jove　ギリシャ神話のゼウスに相当するローマ神話の最高神ジュピター（Jupiter）のこと。雷電を武器とする。
※7　Neptune　ローマ神話の海神。ギリシャ神話のポセイドンに相当。三つ又の鉾 Trident がその武器。

それほどの混乱に、理性を惑わされないほど
沈着冷静な者はいたか。

エアリエル　一人もおりません。
皆、狂気の熱を感じ、自暴自棄の振る舞いに出ました。
船乗り以外は全員、船を棄て、泡立つ海に
飛び込みました。船はそのとき、私と一緒に火だるまに
なっていましたからね。王の息子ファーディナンドは、
髪を逆立て（髪というより葦みたいでしたが）
真っ先に飛び込みました。「地獄は空っぽだ、悪魔が総出で
やってきた」と叫びながら。

プロスペロー　よし、よくやった！
だが、それは岸の近くだな。

エアリエル　すぐ近くです。

プロスペロー　全員無事だな（エアリエル）？

エアリエル　髪の毛一本
損なわずに。体を守る衣服[※1]にも染み一つなく、
前よりさっぱりしています。ご命令どおり、
何人かずつ、島のあちらこちらへ散らしておきました。

※1　sustaining garments　アーデン3版は「多くの編者は、sustainは現代では稀な『支える、下から支えることで落ちないようにする』（OED11a）の意味としているが、そうであればシェイクスピアが意図した台詞の意味は、ナポリ人の服に空気が入って浮き輪のように機能したことになる。オフィーリアの服がしばらく彼女を水面で支えていた『ハムレット』第四幕第七場一七五～八三行参照。しかし、sustainには『命を支える』（OED6a）という別の意味がある。服は陸上で、日光や雨風から守ることで、sustainしているのである」と記している。

王の息子だけは、一人で上陸させ、
溜め息で空気を冷ますがままにさせてあります。
島の外れの片隅で、こんなふうに悲し気に
腕を組んで坐っています。

プロスペロー　　　　　　王の船と
船乗りたちは、どうなった？
船団のほかの船は？

エアリエル　　王の船は
無事に港に入っています。いつか旦那(だんな)様が、真夜中に
私を呼び出し、常に嵐で荒れているバミューダ諸島※2から
露を取ってこいとお命じになったあの奥深い入り江――
あそこに船は隠してあります。船乗りたちは全員、
船底に押し込めました。まじないに、
激しい疲労が重なって、ぐっすり寝込んでいます。
船団のほかの船は（一旦(いったん)散り散りにしてやりましたが）、
また一つになり、地中海(ちちゅうかい)の波に乗って、
悲し気にナポリへ帰っていくところです。
王の船が難破し、王本人も亡くなられたのを

※2　ストレイチーは、バミューダ諸島は「嵐（テンペスト）」で知られ、「悪魔の島」と呼ばれていたと記す。ジュアデインも『バミューダ諸島、別名悪魔の島の発見』で「突風と嵐と悪天候しかないとんでもない魔法の場所だと考えられてき」たと記す（巻末参照）。
　ベン・ジョンソン作『バーソロミュー・フェア』（一六一四）第二幕第六場にあるように、当時ロンドンのストランド通りのいかがわしい路地を「バミューダ海峡」と呼んだのも、バミューダは怖いところという理解があったため。一五一五年にこの島を発見したスペイン人ホアン・デ・バミューダズにちなんで名付けられた。

その目で見たと思い込んで。

プロスペロー　エアリエル、命令どおりによくやった。だが、まだ仕事が残っている。今、何時になる？

エアリエル　お昼は過ぎました。

プロスペロー　もう二時にはなるな。これから六時までの時間[※1]は、二人で慎重に使わねばならぬ。

エアリエル　まだ仕事があるんですか。これ以上働かせるなら、約束してくださったことを思い出してください。まだ果たしてもらってません。

プロスペロー　何だ？　へそを曲げたか。どうして欲しいというのだ？

エアリエル　私を解放してくれるはずでしょ[※2]。

プロスペロー　期限も来ぬうちにか。馬鹿を言うな！

エアリエル　どうか、忘れないでください、きちんとお仕えし、嘘もつかず、まちがいも犯さず、文句一つ言わずに仕事をしてきました。約束したじゃありませんか、

※1　シェイクスピア作品の中で、一日のうちに物語が終わる設定となっているのは、本作と『まちがいの喜劇』のみ。後者では昼頃から始まり、午後五時を目指して物語が展開する。

※2　My liberty. 魔法使いが使役する精霊（使い魔 familiar spirits）は契約によって一定期間魔法使いに支配される。呪術によって拘束された精霊は逃れたがっており、このことはキャリバンも認識している。『夏の夜の夢』や『ウィンザーの陽気な女房たち』で fairy（妖精）という語が用いられるのとはちがい、エアリエルは一貫して spirit と呼ばれる。但し、１１９ページ注５参照。

　一年縮めてくれるって。

プロスペロー　私がおまえを
　どんな苦しみから救ってやったか忘れたらしいな。

エアリエル　いいえ。

プロスペロー　忘れているから、ぬめった海底を歩くのを
　億劫（おっくう）がるのだ。※3
　身を切るような北風にまたがり、
　霜で凍（い）てついた大地の水脈を
　くぐり抜けるのを嫌がるのだ。

エアリエル　そんなことはありません。

プロスペロー　嘘をつけ、このつむじ曲がりめ。忘れたか、
　あの邪悪なシコラックス※4を。年とって悪意を拗（こじ）らせ、
　輪っかのように体の曲がったあの魔女を？　あれを忘れたか？

エアリエル　いいえ。

プロスペロー　忘れたのだ！　あれはどこで生まれた？
　言ってみろ。言え。

エアリエル　アルジェリアです。※5

プロスペロー　おや、そうだったか？　月に一度は、

※3　二拍の短い行。あとに三拍の間が生じる。何のためにポーズが入るのか不可解な短い行である。

※4　この名前はギリシャ語の「雌豚（スィース）」と「大鴉（コラックス）」の結合とする説のほか、ギリシャ神話の魔女キルケーが棲んでいたコルキス王国――コラキシ族の故郷で魔女メデイアの故国――と関係するという説もある。

※5　オックスフォード版が指摘するように、この島にプロスペローが来たときにシコラックスは死んでいたので、彼女に関する情報はすべてエアリエルから教えてもらったものでしかない。忘れていたのはプロスペローであるかのような言い方。

おまえがどうなっていたかを思い出させて
やらねばならぬようだな。あの呪われた魔女
シコラックスは、数多の悪事と、人間には聞くに堪えない
おぞましい魔術により、アルジェリアから、
おまえも知ってのとおり、追放された。ある理由で
死刑だけは免れたが。※1 そうではなかったか？

エアリエル　そうです。※2

プロスペロー　この青い目の※3鬼婆は身重でここに連れてこられ、
船乗りたちに置き去りにされた。わが奴隷であるおまえは、
おまえ自身の話に拠れば、そのときあいつに仕えていた。
そして――あまりに繊細な精霊だったおまえは、
あいつの泥臭く忌まわしい命令が果たせず、
大事な言いつけに楯ついたため――閉じ込められた。
魔女は、もっと強力な手下どもに手伝わせ、
その留まることを知らぬ怒りのうちに、おまえを
松の木の裂け目に閉じ込めたのだ。その裂け目に
挟まれたまま、おまえは十二年※4ものあいだ、
苦しみ抜いた。そのあいだに魔女は死んで、

※1　直訳すると「彼女がした一つのことゆえに、命を取られることはなかった」。何か善行をしたのではないかとする説もあったが、妊娠している女性は死刑を延期されることへの言及とするのが現在の通説。『ヘンリー六世』第一部第五幕第四場でジャンヌ・ダルクが処刑を逃れるために妊娠を主張する。

※2　六拍となるが、Fでは一行に印刷されている。

※3　目に青い隈ができるのは、妊婦の特徴とされた。

※4　妊娠していたシコラックスが島へやってきてすぐキャリバンを産み、エアリエルを閉じ込め、その十二年後にプロスペローがやってきて、それからさ

おまえは取り残され、水に打たれる水車のように絶え間なく、
うめき声を漏らすばかり。そのときこの島には
(魔女がここに産み付けた息子、
あのまだらの化け物以外)人の姿を
したものはいなかった。

エアリエル　いました。あいつの子、キャリバンが。[※5]

プロスペロー　だからそう言っているではないか、ばかめ。
今は私に仕えるあのキャリバンを除いて、だ。私が見つけたとき、
おまえがどんなに苦しんでいたか、自分が一番
わかっていよう。そのうめき声には狼も怯(おび)えて吼(ほ)え、
怒りのやまぬ熊も胸を貫かれた。それこそまさに
地獄の責め苦だ。当のシコラックスにも
もはや解くことができなかったが[※6]、私がやってきて、
その声を聞きつけ、松の木を開いておまえを解放したのは
わが魔術の力ではないか。

エアリエル　感謝しています、ご主人様。

プロスペロー　まだぐずぐず言うならオークの木[※7]を引き裂いて、
そのごつごつした中に打ち付け、十二回冬を越すまで

らに十二年が経ったのであれば、キャリバンは二十四歳か。

※5　Yes, Caliban, her son.　複数の編者が二通りの解釈を示している。上記のようにエアリエルがプロスペローの発言に反論しているという解釈が一つ。「まだらの化け物」と名前を伏せた言い方を敷衍していると解釈するのがもう一つ。その場合「はい、あいつの息子キャリバンのことですね」と訳せ、次のDull thing, I say soは「まどろっこしいやつめ、わかりきっているだろう」ぐらいの意味。

※6　魔女が死んで、呪いだけが残ったか。

※7　閉じ込められていた松の木より堅い。オークは落葉樹であり、常緑樹の樫とはちがう。

わめき続けさせるぞ。

エアリエル　お赦(ゆる)しください、ご主人様。
ご命令には従って、きちんと精霊としての
仕事を果たします。

プロスペロー　そうしろ。そしたら二日後には
解放してやろう。

エアリエル　それでこそ、気高いご主人様！
何をすればよいですか？　お命じください。何を？

プロスペロー　海のニンフ[※1]に化けてこい。
私とおまえ以外の、誰の目にも映らない
透明な姿となって[※2]。化けたらすぐに
戻ってこい。さあ！　さっさとやれ！

〔エアリエル〕退場。

目覚めよ、わが子よ、目覚めよ！　よく眠ったな。
目を覚ますのだ！

ミランダ　不思議なお話を伺っているうちに、
眠気に襲われてしまいました。

プロスペロー　払いのけなさい。さあ。

※1　ニンフ（ニュムペー）は自然界の下級女神。海のニンフはネーレーイスと呼ばれ、海神ネーレウスの娘とされた。このほか水の精ナーイアス（113ページ注8）、木の精ドリュアスや山の精オレイアスなど数種のニンフがいた。妖精とも混同され、美しく清らかな女性の代名詞。ハムレットもオフィーリアをニンフと呼ぶ。

※2　海軍大臣一座の会計記録『ヘンズローの日誌』には「姿が見えなくなるローブ」という記載があり、アーデン3版はここに「プロスペローは海のニンフを思わせる何らかのローブか衣装を手渡す」と注記する。恐らく一六一〇年宮廷余興でリチャード・バーベッジ

これからわが奴隷キャリバンの様子を確かめよう。※3
口答えばかりするやつだが。

ミランダ　あれは悪党です、お父様。
見るのも嫌。

プロスペロー　そうは言っても、
あいつがいないと困るのだ。我々のために火を熾(おこ)したり
薪(たきぎ)を集めたり、何やかやと役に立っているからな。
おおい！　どうした、奴隷！　キャリバン！
この土くれ野郎、返事をしろ！

キャリバン　（奥で）薪(まき)なら奥に十分あるよ。

プロスペロー　出てこいったら！　ほかに用事があるのだ。
来い、この亀！　さっさと出てこぬか？

エアリエルが水のニンフとなって登場。

みごとに化けたな！　わが類稀(たぐいまれ)なるエアリエル、
ちょっと耳を貸せ。

エアリエル　ご主人様、かしこまりました。※4

〔エアリエル〕退場。

が着用し、劇団の財産となった豪華な「水の精の衣装」が用いられたのだろう。この衣装の詳細については「訳者あとがき」参照。

※3　visit　集注版にあるように、「訪れる」ではなく、OED 1Cの意味で訳した。

※4　シェアード・ラインなので、前の台詞とのあいだに間をあけない。つまり、耳打ちをされてそれを聞いている演技をしながら同時にこの台詞を言わなければならない。シェイクスピアの劇は、リアリズムで演じるよりも、かなりテンポアップする。16ページ注1参照。
　エアリエルは海のニンフの豪華な衣装を見せるためにだけ再登場し、舞台を駆け抜ける。

プロスペロー　この、毒をもつ奴隷め。ほかならぬ悪魔が
鬼婆に産ませたやつ、出てこい！

キャリバン登場。

キャリバン　おいらのおふくろが大鴉の羽根で
穢れた沼から掻き集めた邪悪な露のありったけが
おまえら二人に降りかかりゃいい。南西の風に吹きつけられて、
体じゅう水ぶくれになっちまえ。※1
プロスペロー　その呪いの報いとして、今晩おまえは痙攣を起こし、
息ができなくなるほど脇腹が痛くなる。まちがいない。
小鬼ども※2に夜じゅう総出でおまえをいじめさせてやる。
おまえは蜂の巣になるまでつねられ、
つねられる度に蜂に刺されるより
痛い思いをするのだ。
キャリバン　　飯ぐらいゆっくり食わせろ。
この島はおいらのもんだ。おふくろシコラックスから継いだのに、
おまえが横取りしやがった。おまえも最初やってきたときは、
おいらを撫でて、大事にしてくれて、木の実の入った

※1　弱強三拍分の短い行。あとに二拍分の間。キャリバンが呪いの所作をする間か。
※2　Urchins　ゴブリンないしはハリネズミの姿をしたゴブリン。悪さをする精霊の仲間。『ウィンザーの陽気な女房たち』第四幕第四場でフォールスタッフを怖がらせるために子供たちに妖精の恰好をさせるとき、「(子供を) Urchinsや、小人や、妖精などに仕立て」るとあるので、恐らくシェイクスピアは妖精の一種とみなしているらしい。集注版に拠れば、一六〇三年当時urchinsはホブゴブリンを意味した。
※3　water with berries　ストレイチーによるバミューダ遭難記録には木の実を使った飲

水を[※3]くれて、昼を照らすでっかい光の名前とか、
夜を照らすちっちゃな光の名前を教えてくれた。[※4]
あんときは、[※5]おいらもあんたが大好きで、
島のあれやこれやを全部教えてやった。
きれいな泉、塩水の溜（た）まり、不毛な場所に肥えた場所。
教えてやるんじゃなかった！　おまえら、[※6]シコラックスの
呪いのすべてに——蟇蛙（ひきがえる）、甲虫（かぶとむし）、蝙蝠（こうもり）に——とっつかれろ！
今じゃおいら一人で、おまえらの家来全員分働かされている。
かつてはおいらがおいらの王様だったのに。
こんな堅い岩の奥に閉じ込めて、
島のすべてを奪いやがった。

プロスペロー　なんてひどい嘘をつくんだ、こいつは。
優しくすればつけあがり、鞭（むち）で叩（たた）かないと動かないやつめ。
（おぞましいおまえを）情け深く扱って、私自身の岩屋に
住まわせてやったのに、おまえはわが娘の貞操を奪おうと
したではないか。

キャリバン　オッホー、オッホー！　惜しかったよなあ。
あんたに邪魔されちまった。もう少しでこの島じゅうを

料水の話が出てくる。161ページ参照。
※4　「創世記」1：16「神二つの巨なる光を作り大なる光に昼を司らしめ小き光に夜を司らしめ給ふ」参照。
※5　キャリバンは十代前半だったと思われる。32ページ注4参照。
※6　これまでthouを使っていたキャリバンはここからyouと呼びかける。アーデン3版は後者もプロスペローに向けられたものと考えているが、キャリバンが登場してすぐ「おまえら二人」(you both) と呼んでいるように、ミランダも含めての呼称に戻ったと考えるべきか。アーデン2版も、キャリバンはプロスペローのことを一貫してthouで呼んでいると記す。

ちっちゃいキャリバンだらけにできたのに。　　おぞましい奴隷！

ミランダ
どんな善いこともおまえには根付かない。
悪には何でも染まるのに！　私はおまえを可哀想に思って、
骨を折って言葉を教え、一時間ごとに一つずつ、
また一つと教えてあげたのに。かつておまえは（野蛮人）、
意味も分からず、ただ獣（けもの）のようにわめくだけ。
私が意味のわかる言葉を与えたから、おまえは
言いたいことが言えるようになった。※1 なのに
その邪悪な性格は（たとえ物を覚えても）
善良な性質とはそりが合わなかった。だから、
おまえはこの岩場に閉じ込められるのが当然よ。
牢屋（ろうや）につながれるようなことをしたんだから。※2

キャリバン　言葉を教えてくれたおかげで、
罵（のの）り方は覚えたさ。赤い死の病に罹（かか）ってくたばりやがれ、
おまえらの言葉を叩き込んだ罰だ！※3

プロスペロー　　　鬼婆（おにばば）の子※4よ、さあ行け！
薪（まき）を持ってこい——さっさとやらないとひどいぞ。

※1　ミランダがキャリバンの教育係を務めた点は、第二幕第二場でキャリバンがミランダから月の男のことを教わったと言っていることからも確認できる。

※2　キャリバンに優しく接してきたのに乱暴されかかったことで、ミランダは激しい嫌悪と憎悪を抱えている。そのことが、自分の言葉を奪われたキャリバンの被抑圧的立場を見えにくくしている。「訳者あとがき」参照。

※3　I know how to curse. . . / For learning me your language.

※4　Hag-seed　マーガレット・アトウッドによる本作の翻案（二〇一六）の題名はここから。邦題は『獄中シェイクスピア劇団』鴻巣友季子訳。

ほかにも用事があるんだ。肩をすくめるのか？（悪意の塊め）※5
さぼったり、命令どおりやるのをしぶったりするなら、
いつもの痙攣で苦しめてやる。体じゅうに
痛みを走らせ、咆えさせてやる。その悲鳴に
獣までもが震え上がるほどに。

キャリバン　　　　　　　　やめてくれ、頼む！
〔傍白〕しょうがねえ。こいつの魔術は強力だ。
おふくろの神様セテボス※6だって従わせて
家来にしちまうほどだからな。

プロスペロー　　　　　　　さあ、奴隷。行け！

キャリバン退場。

ファーディナンドが登場し、エアリエルが目に見えない姿※7で、楽器を奏して歌いながら登場。※8

エアリエル　（歌う）黄色い浜辺へ、さあおいで〔☆〕※9
手と手をつないで〔☆〕
お辞儀をして、口づけ交わせ〔★〕
荒波も静まる幸せ〔★〕

※5　Malice「悪党め」のような罵声ではなく、「悪意」という抽象概念。括弧に入っているのは、低く自分に呟くからか。
※6　パタゴニアの悪魔の名前。マゼランの航海記のリチャード・エデンによる英訳（一五七七）に言及がある。
※7　先ほどの海の精の衣装を着ている。
※8　ファーディナンドは音楽に導かれてエアリエルの後から登場するのだろう。これから起こることを先に記す「前倒しのト書き」は当時の戯曲に多い。
※9　Come unto these yellow sands
四歩格と二歩格が交互に繰り返され、二行ずつ押韻する。本書では押韻の箇所を、記号を付して示した。

軽やかに、さあ、踊りまくれ〔◇〕
精霊たちよ、歌っておくれ〔◇〕
繰り返しを。※1

リフレイン（繰り返し）があちこちから聞こえる。

エアリエル※2　お聞き、聞こえる〔◆〕
精霊たち※2　バウワウ〔△〕
エアリエル※2　番犬が一斉に吠(ほ)える〔◆〕
精霊たち※2　バウワウ〔△〕
エアリエル※3　お聞き、お聞きよ〔▲〕
あれは雄鶏(おんどり)がつくる時よ、〔▲〕
叫べ、コッカディドルドゥ〔△〕
ファーディナンド　どこから来るんだ、この音楽は？　空か地か？
聞こえなくなった。きっとこの島の神様か何かに
捧(ささ)げられる音楽なのだろう。岸辺に腰をおろし、
王であった父の難破を思ってまた泣いていたら、
あの音楽が波間からひたひたと忍び寄り、
波の怒りもわが悲しみも、その素敵な音色で

※1　The Burdenこの二語だけあぶれているとして、前行に入れ込んでしまうポープの校訂をケンブリッジ版は採用。オックスフォード版は次の「お聞き、聞こえる」の二語をこの行の後半として繋げる。Burdenとはリフレインを意味するが、bourdon（主旋律より低く歌われるバックコーラス）と区別されていなかったため、バックコーラスがbow-wowをずっと繰り返した可能性もある。或いはエアリエルがバウワウと歌って精霊たちがバウワウと繰り返したか。
※2　Fにはない。
※3　Fではここに話者表示があるので、アーデン3版は「お聞き、聞こえる」からの四行を精霊たちとしている。

静めてくれた。そこからその音を追ってきた。（というより、音に引き寄せられてきた）が、聞こえなくなった。
いや、また始まった。

エアリエル　（歌う）そなたの父は海の底[※4]〔▽〕
骨は珊瑚と成り変わり〔▼〕
目は真珠に、水の底〔▽〕
軀は朽ちずに様変わり〔▼〕
海はすべてを変えるもの〔◎〕
今や不思議な宝物〔◎〕
海のニンフよ、鳴らせ、ベル〔○〕

精霊たち　（リフレイン）ディンドン。

エアリエル　（歌う）ほぅらお聞きよ、ディンドン、ベル〔○〕

ファーディナンド　溺れ死んだ父を歌う歌だ。
これは人間業ではない。あの音も
この世のものではありえない。今度は上から聞こえる[※5]。

プロスペロー　おまえの縁飾りのついた目のカーテンをあけて、
あそこに何が見えるか言ってごらん[※6]。

ミランダ　何かしら、天使[※7]？

※4　Full fathom five thy father lies　「汝の父は五ファゾムの海底に眠る」。一ファゾムは六フィート。弱強四歩格の歌。初演時に用いたと思われる楽譜が残る。巻末参照。
※5　三階の音楽室にいる楽隊の演奏。
※6　ミランダの目は、このときまで魔法によって閉じられている。
※7　a spirit　「精霊」「霊魂」とも訳せる語。次の台詞で「天上のものに見える」と言うので「天使」と訳したが、ミランダが、難破で死んだ人の霊魂と思ったという解釈も成り立つ。『十二夜』では最終場でセバスチャンが「確かに僕は霊魂（spirit）です」と言う。河合祥一郎編『幽霊学入門』（新書館）参照。

まあ、あんなにあたりを見回して。お父様、本当に
すばらしい姿かたち。でも、きっと天使ね。

プロスペロー　いや、娘よ。あれは食べもすれば眠りもする。
我らと同じように感じもする。おまえが見ているあの若者は
さっきの難破船にいたのだ。悲しみ（という美を蝕む虫）に
染まっていなければ、男前と呼ぶことも
できたろう。仲間を失い、捜そうと
さまよっているのだ。

ミランダ　　　　　　　私には、
天上のものに思えるわ。こんなに立派なものを
地上で見たことがないもの。

プロスペロー　〔傍白〕※1 どうやら、思ったとおり
うまくいきそうだ。※2 よくやった、エアリエル、
二日以内※3に解放してやる。

ファーディナンド　　　　女神様だ！※4
さっきの調べが奏でられていたのはこの人のためだ。
どうかわが祈りを聞いて、教えてください。あなたは
この島の人？　僕はここでどうしたらいいのか、

※1　エリザベス朝時代の傍白は約束事であり、あえて声を低めて演じる必要はなく、観客に向かって語りかけるなどの手法もある。

※2　「エアリエルに」とト書きを加える現代版が多いが、大場建治（研究社）の指摘するようにエアリエルに語りかけない「心の声」とも解釈できる。但し、エアリエルはこの場におり、のちにプロスペローは呼びかける。48ページ注1参照。

※3　二日「後」から二日「以内」に早まった。

※4　ウェルギリウス『アエネーイス』第一巻三二八～九行で、アイネイアースが初対面の女性（ヴィーナス）を女神と呼ぶ箇所の影響とされる。

教えてください。一番聞きたいことは、
(最後になってしまったけれど) あなたは (ああ、奇跡の人)、
人間の娘[※5]なのですか?

ミランダ　　奇跡などではありません。
もちろん人間の娘です。

ファーディナンド　　わが国の言葉を[※6]?　天よ!
私はその言葉を話す人たちの最高の身分にある者です。
その国にいさえすれば。

プロスペロー　　何だと?　最高だと?
ナポリ王がそれを聞いたら、おまえはどうするつもりだ?

ファーディナンド　何も変わらぬ。ナポリ王の名を出されて
驚いている独りぼっちの私のままだ。王はこの耳で聞いている。
だから泣けてくる。今や私がナポリ王なのだ。
この (潮が引き止むことのない) 目で見たのだ、
父である王が難破したのを。

ミランダ　　ああ、可哀想。

ファーディナンド　そう、それに諸侯たちも皆——ミラノ公爵、
それにそのご立派なご子息も[※7]。

※5　a maid　「未婚の乙女」「処女」という意味もある。
※6　Fの疑問符を感嘆符に変える版もある。20ページ注2参照。言語の問題は、本作の重要なテーマと関わる。「訳者あとがき」参照。
※7　存在していないはずのゴースト・キャラクター。ミラノ公爵を僭称するアントーニオの息子に関する言及はここ以外に一切ない。シェイクスピアが創作の過程で当初の構想を変更し、この一行を修正し忘れたのではないかとされている。
　類似のゴースト・キャラクターには『から騒ぎ』第一幕第一場ト書きにのみ記されたレオナートの妻イノジェン——娘の結婚式にも登場しない——がいる。

プロスペロー　〔傍白〕ミラノ公爵と、
そんなご子息よりもっとご立派な娘[※1]は、それはちがうと
言える[※2]のだが、今はやめておこう。二人は出会ったとたん、
恋の目と目を交わした。見事だ、エアリエル、
褒美に解放してやるぞ。〔ファーディナンドに〕一言、君。
どうも君は何か思いちがいをしている。一言。

ミランダ　なんであんなぶっきらぼうな口をきくのかしら。
あの人は私が目にした三人目の人。溜(た)め息が出ちゃう
初めての人。憐(あわ)れみが父の心を動かし、
私と同じ思いになってくれればいいのに。

ファーディナンド　もしあなたが未婚[※3]で、
心に決めた人がいないのであれば、あなたを
ナポリの王妃にしましょう。

プロスペロー　ちょっと待て。もう一言。
〔傍白〕互いに夢中になっているが、この素早い展開を
難航させてやらねば。手軽に手に入ると、
ありがたみが薄れるからな[※4]。〔ファーディナンドに〕もう一言。
おい、話を聞け。おまえは自分のものでもない

※1　この解釈は Peter Holland, *Shakespeare and Forgetting* (Bloomsbury: 2021), p. 192 に基づく。

※2　could control thee　この control は「操る」の意味ではなく「反論する」の意味であると現代版各種は注記する。OEDは「より大きな力を持つ、負かす」の用例としてここを挙げているが、目的語が thee なので、上記のように解釈した。

※3　原文は virgin

※4　当時の諺 'Lightly come, lightly go' 参照。主に恋愛において障害があったほうが盛り上がることを「ロミオとジュリエット効果」と呼ぶのは一九七二年にリチャード・ドリスコールらが発表した論文に基づく。

身分を騙(かた)って、スパイとしてこの島にやってきて、
この島の主人である私から島を乗っ取ろう
というのだろう。

ファーディナンド　ちがう。断じてちがう。

ミランダ　これほどの神殿に悪が棲(す)むはずがありません。※5
仮にこれほどきれいな屋敷が悪霊のものだとしても、
善良なるものが競って棲みつきます。

プロスペロー　〔ファーディナンドに〕ついてこい。
〔ミランダに〕かばいだてするな。これは謀叛(むほん)人だ※6——来い。
その首と足を束ねて枷(かせ)をはめてやる。
海水がおまえの飲み水、おまえの食い物は、
小川の貝※7、しなびた木の根、
どんぐりの殻だ。ついてこい！

ファーディナンド　嫌だ。
そんな扱いなど受けるものか。やれるものなら
力ずくでやってみろ。

　剣を抜くが、魔法をかけられて動けなくなる。

※5　『ロミオとジュリエット』第三幕第二場「あんな華やかな宮殿にまやかしが潜んでいたなんて」参照。

※6　He is a traitor. 『ペリクリーズ』で、ペンタポリス王が王女の婿と見定めた男を試すために敢えて発した言葉と同じ。

※7　mussels　身が硬すぎて食用に適さない淡水産のイシガイ目。貝毒を有することもあり、当時有害と考えられていた。フランス語のムール貝（moule）は海産のイガイ目のみを指すが、このmusselsは淡水産のムール貝（イシガイ目）を指す。東アジアに生息するものはヌマガイ、ドブガイと呼ばれる。ちなみに有名なバミューダ産ムール貝は海産。

ミランダ　ああ、お父様、
乱暴な試練をお与えにならないで。
品がある方です。恐ろしい人ではありません。
プロスペロー　何だと、
娘の分際で親に説教か。[※1] 剣を収めろ、謀叛人。
抜いてみせても振り下ろせまい。その良心が
罪の意識で固まっているからだ。構えをやめろ。
この杖（つえ）の一振りで、おまえの武器をその手から
落とすこともできるのだ。

〔ファーディナンドの剣がその手から落ちる。〕

ミランダ　[※2] どうか、お父様。
プロスペロー　離れろ、服にしがみつくな。
ミランダ　お慈悲を。
私に免じて。
プロスペロー　黙れ！　それ以上言うと、
いくらおまえでも叱り飛ばすぞ。何だ、
王に成りすます男の肩を持つのか。しっ。[※3]

※1　My foot my tutor?「私の足が私の教師か?」
※2　ミランダはハーフラインで必死に懇願するが、このページの彼女の台詞はすべて弱拍で終わる女性行末であり、哀願の口調となっている。旧ケンブリッジ版はここに「父のローブを脱がそうとしながら」とト書きを加えたが、ここに『跪いて』とト書きを加える最新のケンブリッジ版と随分解釈が異なる。
※3　Hush.　OEDによれば、静かにするよう求める間投詞としての用法は一六〇四年から。二行前の「黙れ(Silence)」とちがって、優しい口調をイメージさせる。直前にミランダが何か言おうとするのである。

おまえは（こいつとキャリバンしか見たことがないから）、
ほかにこんな姿をした者がいないと思っているだけだ。
愚かな娘め。大抵の男に比べたら、こいつはキャリバンだ。
ほかに天使のような男がいくらでもいる。

ミランダ　　　　　　　　　　　　　　では、私の愛は
慎ましいものです。もっと素敵な男性を
見たいという野望はありません。

プロスペロー　〔ファーディナンドに〕さあ、従え。
おまえの筋力は赤子に返った。
体に力が入らんだろ。

ファーディナンド　　本当だ。
気力が、まるで夢の中にいるみたいに、働かない。
父の死も、今感じている自分の弱さも、
仲間の遭難も、この男の脅しも、
それに屈している不甲斐なさも、もうどうでもいい。[※4]
ただ、この牢獄の中にいて、日に一度、
この娘を見つめていたい。[※5] それ以外のこの世の
すべては、どうにでもなるがいい。そんな牢獄が

※4　王子として、男として、守らなければならない面子や価値観を捨てて、恋によってそれまでの自分を失うことで、ファーディナンドは生まれ変わる。喪失と再生の物語の転換点。失うことで新たな自己を得るのは、シェイクスピア喜劇のテーマでもある。最終場のゴンザーローがそのようにまとめている。

※5　シェイクスピアが本作の直後にジョン・フレッチャーと共同執筆した『二人の貴公子』で、牢獄に入れられ、恋するエミリアをそこから見られる歓びを味わうパラモンの状況と同じ。パラモンの親友アーサイトは解放され、牢獄の中にいてエミリアを見られるパラモンをうらやむ。

この身には広大に感じられる。

プロスペロー　〔傍白〕うまくいった。〔ファーディナンドに〕来い。

よくやってくれた、エアリエル。――ついて来い。[※2]〔エアリエルに〕

もう一つやってもらいたいことがある。耳を貸せ。

ミランダ　〔ファーディナンドに〕大丈夫よ。

父は普段はもっと優しい人なの（人なんです[※3]）。

あんな乱暴な口をきいたけど。さっきは、

いつもの父らしくありませんでした。

プロスペロー　〔エアリエルに〕この命令を完璧に

一点もゆるぎなくやってのければ、山を吹き抜ける

風のように自由にしてやる。

エアリエル　万事お任せを。

〔エアリエル退場。〕

プロスペロー　〔ファーディナンドに〕

ついて来い。〔ミランダに〕かばうんじゃない。

一同退場。

※1　沈黙したままこの場にずっといたエアリエルに呼びかける台詞。42ページ注2参照。

※2　Follow me.
この言葉がファーディナンドに言われるのか、エアリエルに言われるのか解釈が分かれる。

※3　Be of comfort; My father's of a better nature (Sir).
くだけた口調で思わず親し気に話しかけてしまったミランダは、自分の馴れ馴れしさに急に気づいてSirという言葉を足すことでそれを改めようとしたのではないだろうか。括弧内の語は調子を変えて発語するのであれば、ここでミランダの羞恥を表現することが可能。
父の注意が他に向いている初めての二人だけの親密な時間である。

第二幕　第一場

アロンゾー、セバスチャン、アントーニオ、ゴンザーロー、エイドリアン、フランシスコ、その他登場。

ゴンザーロー　どうか、元気をお出しください。陛下は（皆、そうですが）お喜びになってよいのです、こうして命が助かったのは、損失以上の幸福です。このような不幸はよくあるもの。毎日どこかの船乗りの女房や商船の船主や、船荷の持ち主が、同じ嘆きを共にしています。ところが、この奇跡、（つまりこうして助かったことを話せるのは）万に一つの幸運なのです。ですから（陛下）ご分別を働かせ、われらの悲しみを慰めでもってお量(はか)りくださいませ。

アロンゾー　黙ってくれ。もうよい、よい。※4

セバスチャン　〔アントーニオに〕せっせと慰めても、せっせっせっせの

※4　Prithee, peace.　直訳すれば「頼む、黙ってくれ」。次のセバスチャンが「黙ってくれ（peace）」を「豆（pease）」にひっかけ、アーデン3版が記すとおり、Pease-porridge hot, pease-porridge cold のライム歌を踏まえて、「冷えた豆粥（cold porridge）のように慰めを受け入れる」と洒落ているので、その連関が出るように訳した。このライム歌は活字になったのは十八世紀だが、古くからあったと考えられる。これは日本の茶摘み歌（せっせっせーのよいよいよい、夏も近づく八十八夜）と同じ手遊び歌となっているため、原文の言葉遊びの趣旨がわかるように訳した。

よい、よい、よいだな。※1

アントーニオ　〔セバスチャンに〕慰問の坊さん※2は、それくらいで引き下がりませんよ。

セバスチャン　〔アントーニオに〕見ろ、智慧（ちえ）の時計のねじを巻いている。今に鳴り出すぞ。

ゴンザーロー　陛下――

セバスチャン　〔アントーニオに〕※3ひとぉつ。数えてろ。

ゴンザーロー　ふりかかる不幸をすべて抱えれば、抱えた者の――

セバスチャン　懐は肥える。

ゴンザーロー　ふと心は凍える。※4そう言ったのなら意外と鋭い。

セバスチャン　そう聞こえたのなら、あなたの耳は意外と鋭い。

ゴンザーロー　ですから、陛下――

アントーニオ　ちぇ、ぺらぺらよく動く舌だぜ。

アロンゾー　頼む。もうやめてくれ。

ゴンザーロー　はい、やめます。でも――

セバスチャン　口が止まりません。

アントーニオ　こいつとエイドリアンのどっちが先にコケコッコー

※1　He receives comfort like cold porridge.　この台詞から散文に移行する。
※2　病人を見舞う教区牧師に譬えている。
※3　オックスフォード版が指摘するように、セバスチャンとアントーニオは二人だけで私語をしているようだが、二人のやりとりはほかの人にも聞こえている。
※4　セバスチャンはdollar（十六世紀のドイツの大型銀貨）と言い、ゴンザーローはdolour（悲しみ）と同じ発音の語で言い換えて言葉遊びをする。『リア王の悲劇』第二幕第二場「どうにかならんかねって金が沢山貯まる」参照。『尺には尺を』第一幕第二場にも同じ言葉遊びがある。

と鳴き出すか、賭けませんか。

セバスチャン　じいさん鶏。

アントーニオ　若鶏。

セバスチャン　よし。何を賭ける？

アントーニオ　笑い声。

セバスチャン　よぉし、勝負だ。

エイドリアン　この島はどうやら無人島で――

セバスチャン※5　〔皮肉に〕ハ、ハ、ハ！

アントーニオ　はい、お支払いいただきました。

エイドリアン　人間の住めない、未開の島のようです――

セバスチャン　が、しかし――

エイドリアン　が、しかし――

アントーニオ　そりゃ、そう来るよな。

エイドリアン　それを我らの希望たらしめるのは、この気候。穏やかで、柔らかい。胸のふくらむ思いがします。

アントーニオ　柔らかい胸のふくらんだ女を思い出します。

セバスチャン　そう、男に希望を抱かせてたらしこむ女でした。実にためになるお話ですなあ。

※5「勝者が笑う」という諺もあり、賭けに勝ったアントーニオに笑う動機があるという理由で、笑うのをセバスチャンからアントーニオに変更し、次の台詞（So: you'r paid それで支払いは済んだ）をセバスチャンの台詞に変更するというG・ホワイトの校訂を採用する現代版が多い。しかし、ベヴィントンが指摘するように、セバスチャンは負けを認めて皮肉に笑ってみせればよい。二つの台詞をすべてセバスチャンの台詞とし、「ハハハ、これで支払ったぞ」とするシボルドの校訂もある。だが、アントーニオの台詞の you'r は you've の誤植とするキャペルの校訂によりすべて解決する。

エイドリアン　天も甘い息を吹きかけてくれています。
セバスチャン　天に肺があったか。腐った肺か。さもなきゃ、沼地の臭い香水つきか。
ゴンザーロー　ここには生きていくのに役立つすべてがあります。
アントーニオ　そう、食い物はないけどね。
セバスチャン　皆無に等しいね。
ゴンザーロー　何て瑞々しく生い茂る草でしょう！　何たる緑！
アントーニオ　なるほど地面は茶色だ。
セバスチャン　緑も少しはあるんじゃないか。※1
アントーニオ　当たらずといえども遠からず。
セバスチャン　いやいや、まったく見当外れ。
ゴンザーロー　ですが、摩訶不思議なのは、実に信じがたいことですが——
セバスチャン　信じがたいのを摩訶不思議って言うんだろ。
ゴンザーロー　我らの服が（あのように）海に浸かったにも拘わらず、塩水だらけになるどころか、染め直したかのように新鮮でつやつやしていることです。※2
アントーニオ　ポケットをひっくり返したら、今のは嘘でしたと泥

※1　With an eye of green in't.　OEDはここをeyeの15 a「微かな翳り、わずかな色合い（廃）」の用例として挙げている。旧ケンブリッジ版とアーデン2版は、緑の服を着ているゴンザーローを指すのではないかと示唆するが、何の根拠もない。同じ状況に対して、それを感謝して受け入れるか、不満を抱くかによって、物の見え方が変わってくると考えるべきか。ケンブリッジ版も「人によって物の見え方がちがうのが主眼」と注記する。
※2　前場のエアリエルが「衣服にも染み一つなく、前よりさっぱりしています」と言っているので、アントーニオらの見方がひねくれていることになる。

を吐くんじゃないか。

セバスチャン　あるいは、ポケッと白を切るか。

ゴンザーロー　この服は新品同様、アフリカで、陛下の美しい娘御クラリベル様とチュニス国王[※3]の御婚礼の際に初めて身に付けたときの真新しさ。

セバスチャン　いい婚礼でした。おかげでそこから帰ってきた我らも最高の目に遭っています。

エイドリアン　チュニスにはあのような類稀(たぐいまれ)なる妃(きさき)はいまだかつていなかったでしょう。

ゴンザーロー　夫を亡くした妃ディドー[※4]以来でしょうな。

アントーニオ　夫を亡くした？　何てことを！　何で夫を亡くしたなんて言いだすんだ？　夫を亡くしたディドーだと！

セバスチャン　ディドーに自殺された夫アイネイアースの話をされるよりましだ。そんなに騒ぎ立てるな。

エイドリアン　〔ゴンザーローに〕妃ディドーとおっしゃいましたな。考えますに、ディドーはカルタゴの女王であって、チュニスの妃ではありませんよ。

ゴンザーロー　そのチュニスが、かつてカルタゴだったのです。[※5]

※3　現在チュニジア共和国の首都であるチュニスにあった都市国家。当時オスマン帝国の傘下にあった。

※4　Widow Dido　英語発音はダイドー。widowとライムする。ウェルギリウス著『アエネーイス』では、カルタゴ女王ディドーが旅人アイネイアースと恋に落ち、彼に去られて火に身を投じて自死する。女王は彼と出会う前に夫シュカイオスと死別していた。

※5　カルタゴはチュニスから十五、六キロ離れた都市だが、カルタゴが滅亡したあと、チュニスがその国家としての政治経済の機能を引き継いだため、当時ゴンザーローのような認識を持つ人が多かった。

エイドリアン　カルタゴだった？
ゴンザーロー　はい、カルタゴでした。
アントーニオ　この人の言葉は、石をも動かし、城壁を築いたという魔法の竪琴（たてごと）も真っ青だ。[※1]
セバスチャン　城壁どころか街を作り出しちまうんだもんな。
アントーニオ　次にどんな奇跡を見せてくれるかな。
セバスチャン　この島をポケットに入れて持ち帰り、息子にリンゴ代わりにくれてやるんじゃないか。[※2]
アントーニオ　その種を海に蒔（ま）いて、島だらけにしてくれるかも。
ゴンザーロー　はい。[※3]
アントーニオ　お、うまい具合に返事がきた。
ゴンザーロー　陛下、我らの服がチュニスでの結婚式で着ていたときのまま、汚れていないと話しておりました。陛下の姫君も今やお妃様。
アントーニオ　かの地にはもったいないほどのお妃様でしたねえ。
セバスチャン　もう勘弁してくれよ（頼むから）夫を亡くしたディドーの話は。
アントーニオ　夫を亡くしたディドーだって？　ああ、そうだ、夫

※1　ギリシャ神話の竪琴の名手アムピーオーンは、琴の音で石を動かし、テーバイの城壁を築いたという。海神ネプチューンと協力してアポローンが竪琴で石を動かしてトロイの城壁を築いた逸話への言及とする説もある。
※2　『アントニーとクレオパトラ』第五幕第二場九十一行参照。
※3　FにはI（私）とあるが、同じ発音のAy（はい）に校訂する伝統がある。この二語は『ロミオとジュリエット』第三幕第二場で言葉遊びがあるように、同音異義語だった。ゴンザーローが「私は――」と何か言いかけたと解釈することもできるが、いずれにせよアントーニオはAyと受け取っている。

を亡くしたディドーは別としてだ。
ゴンザーロー　陛下、私の胴着は、下ろしたて同然ではございませんか。見ようによっては、ですが。
アントーニオ　「見よう」とは、妙な言葉を思いついたもんだ。
ゴンザーロー　陛下の姫君の結婚式で着ていたときと何も変わりません。
アロンゾー　おまえたちはこの耳に言葉を注ぎ込むが、
聞く気などありはしない。かの地に娘を
嫁がせるのではなかった。そこからの帰り道に
息子まで失い、（気持ちの上では）娘も失った。
あの子は今やイタリアから遠く離れ、もう二度と
会うことはかなわない。ああ、ナポリと
ミラノの王位を継ぐべきわが息子よ、※4
いかなる未知の魚の餌食となったか！
フランシスコ※5　　　　　　　　生きておられましょう。
この目で見たのです、殿下が抜き手を切って
波に乗り、水を蹴るように泳ぐお姿を。
寄せ来る波をものともせずに、怒濤のうねりを

※4　ミラノ公国の統治権はアントーニオの子孫から奪われるとわかる台詞。アントーニオがアロンゾー暗殺を狙う動機となる。
※5　これまで黙っていたこの貴族はここで急に話し始める。ゴンザーローが言うべき台詞と考えて話者表示を変えてしまう乱暴な編者もいるが、登場人物一覧にエイドリアンとペアになって記載された人物であり、ゴンザーローがアロンゾーに付き従うように、この二人はセバスチャンとアントーニオに付き従うのが役割。128ページのト書き参照。両名とも第三幕第三場で一言ずつ台詞もある。
　この台詞の内容は『十二夜』第一幕第二場の船長の台詞と似る。

胸に受け、掻き分けていらっしゃいました。
雄々しい頭を、荒波の上にすっくと保ち、
力強く両の腕で水を掻き、岸を目指しておられました。
波に削られた岸壁はその身を屈めて
殿下をお迎えするように見えました。必ずや
ご無事に上陸されたにちがいありません。

アロンゾー　いや、死んだのだ。

セバスチャン　兄上、この大いなる損失は身から出たさび。
姫をヨーロッパに嫁がせず、
アフリカ人に投げ与えたのですから※1。
姫は兄上の目の届かぬところへ追放されてしまった。
悲しみの涙に暮れるのも当然です。

アロンゾー　もう言わんでくれ。

セバスチャン　皆で跪いて、おやめくださいとお願いしました、
我ら一同。美しい姫君ご自身も、お断りしたいが
孝行もしたいと、引き裂かれる思いでいらした。
今や、王子も失われ、誠に遺憾ながら、
帰らぬ人となりました。ミラノとナポリでは、

※1　当時チュニスはオスマン帝国の勢力下にあり、トルコ人によって支配されてきた。チュニスがアフリカにあるがゆえに「アフリカ人」と呼んでいるが、人種としてはトルコ人であり、オセローが最終場で「ターバンを巻いたトルコ人」に対して述べる蔑視に近い偏見があると考えられる。
　イスラム世界は、ヨーロッパを脅かす強大な存在であり、ナポリ王が王女をチュニスに嫁がせたのは、イスラム世界からの攻撃を未然に防ぐための和平工作と考えられる。また、『ヘンリー四世』第二部第五幕第三場に「アフリカの黄金」と言及されるように、アフリカは財宝の国というイメージもあった。

この船旅のせいで、多くの妻が夫を失い、
我らが連れ帰る男の数では慰めきれぬ。※2それも兄上のせいだ。※3

アロンゾー　最大の痛手も私のせいだ。

ゴンザーロー　セバスチャン様。
おっしゃることは真実でも、思いやりに欠けましょう。
今はそれを言うときではございません。傷口には塩でなく、
薬をつけてさしあげなくては。

セバスチャン　わかったよ。

アントーニオ　まるで医者の言い草ですね。

ゴンザーロー　陛下、お顔を曇らせていらっしゃいますと、
我ら一同、気が晴れません。

セバスチャン　晴れずに雨降り？

アントーニオ　土砂降りです。

ゴンザーロー　この島の統治を私に任せていただけるなら――

アントーニオ　蒔かせてやるさ、※4イラクサの種。※5

セバスチャン　でなきゃスカンポ※6か、ゼニアオイ。※7

ゴンザーロー　私が王だったら、どういたしましょう？

セバスチャン　酔っ払うことはないね、酒がないから。

※2　セバスチャンは、他の船はすべて没したが自分たちはなぜか帰国できるつもりでいると、ケンブリッジ版は注記する。

※3　六拍の行。新オックスフォード全集版の改行に従う。

※4　ゴンザーローは「プランテーション」という語を用い、植民地支配を意味したが、アントーニオらは植物栽培の意味にとる。

※5　nettle-seed　葉と茎に棘毛があるのが特徴の植物。種には鉄分が多く、薬草。

※6　docks　野草。和名イタドリ。茎は山菜、根は薬用となる。

※7　mallows　野草。OEDはここを用例としている。食用となる。なお、この行は前行とハーフライン。

ゴンザーロー　その国では（万事をひっくり返して）
　こう統治することにしましょう。[※1]すなわち、
　商売取引は一切認めず、官職もなく、
　文字もない。貧富の差なく、
　誰かに仕えることもない。契約、相続、
　土地の区分も、領地も、畑も、果樹園もなし。
　金属も、穀物も、酒も、油も使わない。
　職業もなく、人は皆遊び暮らす。
　女もです。但し、清く正しい。
　君主もなく――
セバスチャン　なのに、自分は王になる気だ。
アントーニオ　こいつの国家論の終わりは、始まりを忘れてます。[※2]
ゴンザーロー　皆の共有財産は自然が生み出してくれる。
　汗水垂らして働くこともない。裏切りも、重罪もない。
　剣も、槍（やり）も、ナイフも、銃も――あらゆる武器を・
　廃止します。代わりに自然から生まれるものが
　豊かにたっぷりと実って、わが無垢（むく）なる民を
　養うのです。

※1　一連の描写は、モンテーニュの『エセー』（英訳一六〇三）の第三十章「人食い人種について」に基づく。本書巻末参照。
※2　最初「私が王だったら」と言ったのを忘れているということ。
※3　モンテーニュが記す民は一夫多妻制。
※4　Golden Age　ギリシャ神話では、人間が神々と共に住み、一切の争いはなく、あらゆる産物が自然に生まれ、働く必要がなかった時代。一六一〇年頃ライバル劇団のアン王女一座がトマス・ヘイウッド作『黄金時代』を上演してかなり人気を博していた。『白銀時代』『青銅時代』と合わせての三部作。ユーピテルらの活躍を描く劇である。

セバスチャン　民たちは結婚もしないのか？
アントーニオ　しませんね。（へっ）女と遊び暮らすんだから。※3 売女(ばいた)とごろつきばかりですよ。
ゴンザーロー　そんな完璧(かんぺき)な統治を行って、陛下、黄金時代※4を凌駕(りょうが)したいと存じます。
セバスチャン　国王陛下、万歳！
アントーニオ　ゴンザーロー陛下、万歳！
ゴンザーロー　そして――よろしいですか、陛下。
アロンゾー　どうか、もうやめてくれ。つまらないことを言うな。
ゴンザーロー　ごもっともです。私はただ、さっきからつまらないものをおかしがって大笑いしていらっしゃる、こちらのお二人に笑いの種を提供したまでで。
アントーニオ　俺たちはあんたを笑ってたんだよ。
ゴンザーロー　私など、この手のおふざけでは、あなたがたにはかなわない、つまらない者です。ですから、やはり、お二人はつまらないものを笑っているというわけで。
アントーニオ　こりゃ一本やられたな！
セバスチャン　なあに、峰打(みねう)ちさ。
ゴンザーロー　まったくお二人とも勇ましい御仁だ。月が五週間も満月のままだったりしたら、月を空から引きずりおろしかねない勢いだ。

エアリエルが見えない姿で、荘厳な音楽を奏でながら登場。

セバスチャン やってやるとも。でもってその月を松明(たいまつ)代わりにして、老いぼれ鶏(どり)を叩(たた)き落(お)としてやる。※1

アントーニオ 〔ゴンザーローに〕まあまあ、怒らないで。※2

ゴンザーロー いや大丈夫。怒るほど分別が足りなくはない。どうぞ、その笑い声でもって、私を寝かしつけてくださいませんか。ひどく眠たくなってきた。

アントーニオ お休みなさい、笑ってやるから。

〔アロンゾー、セバスチャン、アントーニオ以外は全員眠る。※3〕

アロンゾー 何と、みんなもう眠ってしまった！ わが目も（閉じて）この思いを閉ざしてくれたらよいのに。どうやら、私にも眠気が来そうだ。

セバスチャン どうぞ、兄上、眠気には逆らわないほうがいい。悲しみにはなかなか睡魔は訪れないが、訪れれば慰みとなります。

※1 go a bat-fowing 夜、木にいる鳥に松明を近づけて目をくらまし、棒で叩き落とす捕獲法への言及。ゴンザーローから「二人とも口先ばかりで、偉そうに虚勢を張っているが、できもしないことをやってみせられるとしたら（月が五週間満ち欠けしないといった）不可能が可能になるときだ」と皮肉を言われて、ゴンザーローを『老いぼれ鶏』に譬えてしっぺ返しを言ったもの。
※2 「セバスチャンの言葉を聞いてゴンザーローから敵意のある反応が返ってくると思ったアントーニオがゴンザーローをなだめようとしている」とケンブリッジ版は注記する。
※3 キャペルが加えたト書き。

アントーニオ　陛下、我ら両名、
お休みのあいだ警護につき、
陛下をお守り申し上げます。
アロンゾー　ありがとう。ひどく眠い。
〔アロンゾーは眠る。エアリエル退場。[※4]〕
セバスチャン　何たる不思議。皆眠ってしまった！
アントーニオ　この島の気候のせいでしょう。
セバスチャン　それなら、
なぜ我らの瞼(まぶた)は重くないのだ？　俺は
全然眠くないぞ。
アントーニオ　私もです。私の気力はしっかりしている。[※5]
皆まるで、示し合わせたかのように、
雷に打たれたように倒れてしまった。もし、このまま――[※6]
セバスチャン様、ああ、そしたら？　いや、やめておこう。
だが、あなたのお顔を見ていると、あなたが本当は
何であるべきか見えてくる。今こそ、そのときが来たのです。
わが燃える想像の目には見えている、あなたの頭上に

※4　エアリエルは68ページで登場の指示があるため、ここでエアリエル退場としたマローンのト書きが採用されることが多い。

※5　ここを前行とシェアード・ラインとするアーデン3版ほかに従う。拍数が六拍と多くなるが、六拍が多いのは本作の特徴。

※6　What might―　頓絶法（aposiopesis）と呼ばれる、言いかけて途中でやめてしまう修辞法。観客にその先を考えさせる手法。
　眠った王の暗殺を考える点で『マクベス』第一幕第三場に似ているとS・T・コールリッジ（『シェイクスピア講義』p. 89）とG・ウィルソン・ナイト（『命の冠』pp. 212–13）は指摘する。

王冠が降ってくるのが。

セバスチャン　何だ、寝言か？

アントーニオ　私の言うことが聞こえないのですか。

セバスチャン　聞こえている。
だが、寝言にちがいない。眠りながら、寝ぼけたことを
言っているのだ。今、何て言った？　不思議な
眠りだな、目を見開きながら眠るとは。
立って、話して、動いて、それでいて
ぐっすり眠っている。

アントーニオ　気高いセバスチャン様、
あなたこそ幸運を眠らせているのです――いや、死なせている、
起きているのに目を閉じて。

セバスチャン　はっきりしたいびきだな。
いびきなのに意味がある。

アントーニオ　ふざけているんじゃありません。あなたも、
真面目になってください。ちゃんと聞いてくだされば、
今より三倍も偉くなれます。

セバスチャン　俺は流れの止まった溜まり水※1だ。

※1　standing water　潮の満ち引きが止まった水という意味だが、動かないという点で怠惰をイメージさせる。

※2　If you but knew how you the purpose cherish / Whiles thus you mock it.　ケンブリッジ版は「自分の怠惰を嘲っていらっしゃるが、私が仄めかす計画（purpose）によってあなたは実はその怠惰を乗り越えたいと願っているとわかっていただけたら」と注記する。アーデン3版のように、purpose は prospect（自分が偉くなるという見込み・期待）と解釈してよいだろう。「どうせ俺にはできない」という言い方には「できるものならやりたい」という野望があるということ。

アントーニオ　上げ潮になる方法を教えましょう。

セバスチャン　　　　　　　　　　　　　そうしてくれ。

引き潮の方は、生来の怠け癖が教えてくれる。

アントーニオ　　　　　　　　　　　　　ああ、

そんな自嘲(じちょう)の中に、実は偉くなれたらという願望があると

自覚してくださったら！※2　脱ぎ捨てているつもりで、

実は野望を着ているのです。引き潮に沈む者は（大抵）

底の底まで落ち込みますが、それというのも、

己の恐怖や怠惰のせいです。

セバスチャン　　　　　　続けてくれ。

その目、その頰、何かただならぬことを告げようと

いうのだな。それを産み出そうと、まさに

産みの苦しみに耐えている。

アントーニオ　　　　　　こういうことです。

この記憶の怪しい御仁は※3――埋葬されたら

誰からも忘れられそうなこの御仁は――先ほど

王を説得しにかかり（何しろ、この説得の名人は

人を説き伏せることしかできないのだから）

※3　王子が泳いでいるのを目撃したと証言して、王子は生きていると王を説得しにかかったフランシスコを指すとする説（キャペル、ハドソンら）と、「説得の名人」という表現に相応しい顧問官ゴンザーローを指すとする説（現代版の多く）がある。ゴンザーローはこの場の最後でも「（王子は）きっと島のどこかにいらっしゃいます」と言っており、アーデン2版の示唆するとおり、アロンゾーは（この場面でフランシスコが話すよりも前に）ゴンザーローの慰めの言葉を聞き飽きていると考えれば腑に落ちる。ペンギン版も、チュニスとカルタゴを取りちがえた「記憶の怪しい」ゴンザーロー説。

王子が生きていると思い込ませましたが、
溺(おぼ)れていないはずがない。眠っているこいつが
実は泳いでいるというのでないかぎり。

セバスチャン　溺れたな。
まず希望はない。

アントーニオ　ああ、その「ない希望」から、
大きな希望がつかめます！　そこに希望がなければ、
別の道に希望が生まれる。あまりにも大きくて
野望さえ先を見通せず、手にしたものを
信じられぬほどの。認めるのですね、
ファーディナンドが溺れたと。

セバスチャン　死んだ。

アントーニオ　では教えてください、※1
次のナポリ王位継承者は誰ですか。

セバスチャン　クラリベルだ。

アントーニオ　チュニス王妃におなりです。人の住む場所から
十リーグも遠いところにいる。ナポリからの知らせが
届く頃には、天翔(あまか)ける太陽が運ばぬかぎりは——

※1　三分割されるシェアード・ラインによって緊迫感が高められる。「では教えてください（Then tell me）」まで一気に言って、次の重要な台詞をゆっくり言うなどのメリハリをつけることが想定される。

※2　太陽が二十四時間で一周するのに対し、月は一か月かかることへの言及。「月の男」は月の換喩。マザーグースのナンセンス詩「月の男」に似た滑稽詩「月の男」が一三四〇年頃に書かれており、その十二行目は「彼はこれまで生まれた男の中で一番遅い男」（He is the sloweste mon that euer wes yboren）となっている（大英図書館 Harley Manuscript no. 2253）。

月の男では遅すぎて[※2]――ゆっくり巡るのを待っていたら
生まれたての赤子だって鬚剃り（ひげそ）を始める年になる。そこからの
帰り道に我らは海に呑（の）まれたものの、何人かは助かった。
（その運命に力を得て）[※3]一芝居打つのです。
ここまではプロローグにすぎない。いよいよここから、
あなたと私の出番です！

セバスチャン　どういうことだ？　何を言っている？[※4]
わが兄上の娘がチュニス王妃であって、
ナポリ王位継承者であることは確かだ。両国のあいだには
些（いささ）か距離があるが。

アントーニオ　その距離の一歩一歩が
こう叫んでいるようです、「クラリベルに、我らを追って
ナポリまで戻ることができようか。チュニスにとどめおけ。
そしてセバスチャンの目を覚まさせよ」と。今、こいつらを
捕らえたのが死だったとしたらどうでしょう。なに、今と
変わりはしません。[※5]ナポリを統治できる者は、
ここで眠っている者のほかにもいる。ぺらぺらと
無駄口を叩く貴族たちは、このゴンザーローの

※3　（And by that destiny）　アーデン2版は、この括弧に意味があり、「これまでは運命に導かれていたが、これからは私たちの意志で一歩を踏み出すのだ」という意味合いになると言う。その意味を明確にするためにジョンソンの And that by destiny という校訂を採用している。オックスフォード版は、魅力的な読解だが、出番となったのも運命のおかげであると注記する。

※4　新オックスフォード全集版に従って、ここをシェアード・ラインと解釈する。

※5　『尺には尺を』第三幕第一場「眠りに過ぎぬ死」及びハムレットの第四独白「死ぬことは――眠ること、それだけだ」参照。

ほかにもいる。私だって、なろうと思えば
同じぐらいおしゃべりカラスになれます。[※1] ああ、
私の考えがあなたにあればいいのに。この眠りは
あなたの出世のチャンスなんです。わかりますか？

セバスチャン　まあな。

アントーニオ　では、この幸運を
どうなさるおつもりです？

セバスチャン　そう言えば、おまえは[※2]
兄のプロスペローから公爵位を奪ったんだな。

アントーニオ　そうです。
今やこの衣装は私によく合っているでしょう。[※3]
兄よりもぴったりだ。兄の召し使いたちは、
かつてはわが同僚でしたが、今やわが家来です。

セバスチャン　だが、おまえの良心は？[※4]

アントーニオ　なるほど。それって、どこにあるんです？
あかぎれみたいに痛むなら、スリッパをはかなきゃなりませんが、[※5]
そのありがたいものはこの胸には感じません。私とミラノ公爵の
あいだに良心がいくら堅く[※6]立ちはだかろうと、溶かしてやる。

※1　I myself could make / A chough of as deep chat.「カラスを仕込んであの程度のお喋り屋に仕立て上げることぐらいできる」と解釈することも可能だが、ここではmakeをbecomeの意味で解釈した。OEDはchough（カラス）の用例としてここを挙げ、「お喋り屋、ぺちゃくちゃ話す者」と定義する。『終わりよければすべてよし』でパローレスを騙すためのインチキ語はchough's languageと呼ばれる。

※2　この行のみ女性行末。不安を表す。

※3　『マクベス』第五幕第二場「もはや王という称号は奴からずり落ちそうだ。小人の泥棒が着た巨人の衣装さながらに」、同第一

気にもしません！　ここにあなたの兄が横たわっている、
土の上に。まるで土のようにぐったりと。
ようにではなく、土そのものですよ（死んだらね）[※7]。
私の意のままに動くこの剣で（切っ先三インチだけでいいんです）
永遠の眠りにつけてやれる。あなたも同様に
永遠に目を閉じてやればいいのです、
この老いぼれた肉のかけら、思慮分別閣下を。
二度と我々のやり方に文句を言わせないように。
ほかの連中は、猫がミルクを嘗めるように
言いなりになります。こちらの思いどおりに
好きな時を告げてくれますよ。[※8]

セバスチャン　　おまえの先例に、
友よ、見習うことにしよう。おまえがミラノを得たように、
俺もナポリを手にしよう。剣を抜け！　一撃すれば、
おまえが納めるべき年貢は免除してやる。
王として目にかけてやる。

アントーニオ　　一緒に抜きましょう。
私が振り上げたら、あなたも振り上げて

幕第三場「新たな名誉を賜ったが、着慣れぬ服同様、なじまぬうちは、しっくりこぬ、か」参照。
※4　二拍半の短い行。あとに二拍半の間がある。痛いところを突かれたアントーニオが微かな躊躇を示す間。
※5　『リア王の悲劇』第一幕第五場では、道化が、愚かなリアの脳みそが踵にあったらあかぎれになるが、スリッパをはかすまでもないほどの少量だとジョークを飛ばす。
※6　candied be they「結晶化して固まっても」が原意。
※7　括弧内は口調を変えて語るのだろう。
※8　こちらが「〜をする時だ」と言えば同意する、つまり言いなりになるということ。

ゴンザーローに振り下ろすのです。

セバスチャン　ああ、だが一言。[※1]　〔二人は片隅で話す。〕

　エアリエル、音楽と歌とともに登場。

エアリエル　ご主人様が魔法で予見していたとおりだ。
（お味方の）あなた[※2]が危ないと知って、私を遣（つか）わしたんです。
みんなに生きていてもらわないと（計画が死んでしまうから）。

　ゴンザーローの耳許（もと）で歌う。

いびきをかいて眠るうち〔●〕[※3]
目を見開いて、狙うよ不意打ち〔●〕
　虎視眈々（こしたんたん）と。〔□〕
命を守るが何より肝心〔■〕
眠気を払ってご用心〔■〕
　目覚めよ、ちゃんと〔□〕

アントーニオ　では、そろって一挙に。[※4]

※1　セバスチャンは自らの手を汚すことに躊躇している。
※2　ゴンザーローを指すが、もちろんゴンザーローには聞こえない。ここでのエアリエルは、観客に対する説明役となっている。
※3　裏拍が入る弱強四歩格で、三行目と六行目のみ弱強二歩格。
※4　三拍半の短い行。一拍半の間があり、剣を振り上げる劇的瞬間が作られる。次のゴンザーローの台詞の前半をここのハーフラインとしてつなげる現代版もあるが、それでは緊張の一瞬が壊れる。
※5　ケンブリッジ版が加えたト書き。
※6　ゴンザーローの直後の台詞から判断すると、歌声が聞こえたので目を覚まして夢中

〔アントーニオとセバスチャンは剣を抜いて振りかざす。[※5]〕

ゴンザーロー　〔目覚めて〕天使たちよ、王を守らせたまえ！[※6]

〔ゴンザーローは王を揺り起こす。一同目を覚ます。〕

アロンゾー　何だ、おい、起きているのか？[※7]　なぜ剣を抜いている？
そんな恐ろしい顔つきをして？

ゴンザーロー　どうしたんですか？

セバスチャン　ここで、お休みの皆さんの警護をしていたところ、
（たった今）獣が吼(ほ)えるのが聞こえたのです。牡牛(おうし)、
いやたぶんライオンでしょう。それでお目覚めになったのでは？
この耳には恐ろしく響きました。

アロンゾー　私には聞こえなかったな。

アントーニオ　いや、あれは化け物でも震え上がるほど——
大地を揺るがすほどの凄(すさ)まじい音でした！　きっとライオンの
大群が吼えたにちがいありません。

アロンゾー　聞こえたか、ゴンザーロー？

ゴンザーロー　誓って申しますが、私が聞いたのは歌声です。

で陛下を揺さぶって叫び、そのあと目を開けたということらしい。

※7　awake?　疑問符を感嘆符とし「起きろ！」と読む版もある。一八五七年にストーントンがここをゴンザーローの台詞に変えて「何だ、どうした？（王に）起きてください！（セバスチャンらに）なぜ剣を抜いている？　そんな恐ろしい顔つきをして？」とし、王が「どうしたんだ？」と続ける校訂をし、旧ケンブリッジ版もほぼ追随しているが、この改変はFのゴンザーローを機敏な人物に変えてしまう。Fでは、ゴンザーローが抜かれた剣を目にするのはアロンゾーよりも遅く、「どうしたんですか」には滑稽味さえある。

（しかも奇妙な歌声で）それで目が覚めました。陛下を揺さぶり、叫んだのはそれゆえです。[※1] 目を開けてみれば、二人の剣が抜かれているではありませんか。何かが聞こえたのは確かです。警戒をしたほうがようございましょう。あるいは、ここを立ち去りましょう。我らも剣を抜きましょう。

アロンゾー ここを離れよう。そして、哀れな息子をもっとよく捜してみよう。

ゴンザーロー 天よ、殿下を野獣からお守りください。きっと島のどこかにいらっしゃいますよ。

アロンゾー 先導してくれ。

〔ゴンザーローたち退場し始める。〕

エアリエル プロスペロー様にわが働きを知らせよう。〔※〕
では（王様）ご子息をお捜しなさい、心配は御無用。〔※〕[※2]

全員退場。

※1 換言すれば、王を揺さぶり叫んだのは、奇妙な歌声を聞いたからであって、剣が抜かれているのを見たからではないということ。『リチャード三世』第五幕第三場で悪夢を見たリチャードが「お情けを、神よ――なんだ、夢か」と言うように、思わず叫んで王を揺さぶったあとで目を開けて状況に気づいたのであろう。

※2 done と son の二行連句。「場面を締め括るための二行連句の使用は、シェイクスピアの初期作品にはよくあるが、後期の劇では比較的稀である」とケンブリッジ版は注記する。本作では、エピローグを別として、場面終わりの二行連句はここ一か所のみ。

第二幕　第二場

薪（まき）を担いでキャリバン登場。

キャリバン　泥沼、ぬかるみ、ぐじゃぐじゃの湿地から、太陽が吸い上げるありとあらゆる毒気が、プロスペロー※3にふりかかれ。じわじわ病気にしてしまえ！

（雷鳴が聞こえる）※4やつの精霊たちが聞いてる。

ふん、かまうもんか。呪ってやる。だけどやつらが
おいらをつねり、小鬼に化けて怖がらせ、おいらを泥沼に
突き落とし、闇に浮かぶ鬼火となって
道に迷わせるのも、やつが命じるからだ。よくもまあ、
あれこれとやってくれるよ。ときには猿に化けて、
歯をむき出してキーキーわめいて嚙（か）みついてくる。
それからハリネズミに化けて、おいらが裸足（はだし）で歩く道に
転がって、歩くたびに足に針を刺しやがる。
毒蛇がたくさん体にまとわりついてくることもあった。
先が裂けた舌でヒューヒュー言って、おいらの気を

※3　Prosper　プロスパーは、イタリア人名プロスペローに相当する英国人名。Fではここのほか三回この表記がある（75ページのキャリバンの台詞、97ページのト書きと132ページのアロンゾーの台詞）。プロスパーは英国ではよくある名前であり、たとえばイタリアの高名な軍事司令官プロスペロー・コロンナ（一四五二〜一五二三）もプロスパー・コロンナと言及されることもあった。

※4　Fでは一行目に括弧付きであるト書き。「キャリバンは自分の呪いに雷鳴が反応したと捉え、精霊らが聞いていると考える」とする解釈に従い、オックスフォード版と同様にト書きの位置を直した。

おかしくしやがる。おっと、また来やがった。

トリンキュロー[※1]登場。

やつの精霊だ。いじめに来たんだ。おいらが薪をさっさと運ばないから。地面にぴったり伏せていよう。もしかしたら気づかずに通り過ぎてくれるかもしれない。

トリンキュロー　このあたりにゃ、身を隠す藪も茂みもねえんだな。また嵐が来そうだってのに。風に嵐の歌声が聞こえてくる。あっちの黒雲、あのでかいのは、まるで汚ねえ酒袋だ。どどっと中身をぶちまけそうだ。さっきみたいな雷が鳴ったら、どこに頭を隠せばいいんだ。あの雲行きじゃあ、バケツひっくり返したみたいな土砂降りになるぞ。〔キャリバンを見つけて〕何だぁこりゃ？　人間か魚か。生きてるのか死んでるのか。魚だ。魚くせえ。ずいぶん古い、魚くせえ臭いだ。まるで――古びた干物だ。妙な魚だなあ。今イングランドにいたとして（いたことがあるんだよ）、この魚の絵を看板に描かせたら、休日気分の阿呆どもが銀貨一枚ははずんでくれそうだな。あの国なら、この化け物でひと稼ぎできるな。あそこじゃ、どんな珍獣持ってっても、ひと稼ぎできるんだ。足の不自由な物乞いにはびた一文出そうとしないくせに、死んだインディアンを見るためなら金を出そうっていう連中だ。こいつ、人間みたいに足が生えてるじゃねえか。ひれはまるで腕だな！　あったかいぞ。まじか！　今言ったことは取り消そう。撤回する。こりゃ魚じゃねえ。さっきの雷に打たれた島の人間だ。

※1　イタリア語の trincare（一気飲みをする）に由来すると言われる名前。

うわあ、また嵐になるぞ。こうなったら、こいつのでかい上着の下にもぐり込むしかねえな。ほかに隠れる場所はねえし。人間、どん詰まりになりゃ、妙なやつと一緒に寝ることになるもんだ！　嵐が過ぎ去るまで、ここにもぐり込んでいよう。

　ステファノー、歌いながら登場。

ステファノー　〔歌って〕海へ出るのはやめだ、やめ。
この陸（おか）あがって、死んでやる。
こりゃ、葬式[※2]で歌うには、ひでえ歌だな。
まあ、こいつが気を紛（まぎ）らわせてくれる。

　酒を呑（の）む。歌う。

船長、掃除夫、水夫長、それからおいらもその一人ぃ〔＊〕[※3]
大砲係に、その助手までもが惚（ほ）れたんだ〔☆〕
モル、メグ、マリアン、マージャリー[※4]〔＊〕
誰もケイトにゃ、惚れなんだ〔☆〕
だって、あの娘（こ）の舌には毒の汁〔★〕
「くたばりやがれ」と水夫を罵（ののし）る〔★〕

※2「自分の、またはトリンキュローの葬式」とアーデン2版は注記する。ケンブリッジ版は「自分の葬式」と注記する。

※3　裏拍のある弱弱強四歩格と三歩格が交互に続く。五行目から三歩格で二行連句、七行目から四歩格で二行連句と続き、再び弱弱強三歩格で終わる。

※4　Mall, Meg, Marian, and Margery　Mの頭韻がある。モルとマリアンはメアリの愛称、メグとマージャリーはマーガレットの愛称。大勢いるようでいて実は二人ということか。ナーサリーライムにエリザベス、エルスペス、ベッツィ、ベスが同一人物であることを踏まえた謎かけ歌があるのを想起させる。

水夫のタールと油の臭いはひどく嫌がる〔◇〕
のに仕立て屋には、むずむずするとこ、掻(か)かせやがる。※1〔◇〕
野郎ども、海へ出ろ、あんな女にゃ虫唾(むしず)が走る。〔★〕
これもひでえ歌だ。だが、こいつが俺の慰めだ。

酒を呑む。

キャリバン　いじめないでくれ！　ああ！

ステファノー　何だ、何だ。悪魔がいるのか。野蛮人やインディアンを俺にけしかけようっていうのか？　えっ！　溺(おぼ)れずに助かったこの俺様が、こんな四本足にびくつくもんか。なにしろ俺は「どんな四本足の男にも、ひけをとらねえ男」※2と言われてきたんだ。それを証明してみせようじゃねえか、このステファノー様に鼻息があるかぎり。

キャリバン　精霊がいじめる！　ああ！

ステファノー　こいつぁ、島の化け物だな。四本足で（どうやら）ぶるぶる震える病気※3に罹(かか)ってる。いったいどこでこいつは俺たちの言葉を覚えたんだ？　それだけでも大したもんだ。褒美をやろうじゃないか。こいつを元気にして飼い馴(な)らして、ナポリに連れ

※1　性的言及。女物の仕立て屋は女々しいと軽蔑され、かつ、女性のあしらいがうまいと考えられていた。アーデン3版の「tailorは男性器をも意味した」とする説は認められない。その根拠たるHida Hulme, *Explorations in Shakespeare's Language*, pp. 99–101の議論には確証がない。

※2　「どんな男にも」を意味する「どんな二本足の男にも」という慣用表現が、目の前の四本足を見て変わってしまった。

※3　ague（瘧、おこり）。本来はマラリア熱の一種だが、当時、体が震える発作全般を指した。『十二夜』の登場人物エイギュチークの名になるほど一般的名称。

て行けば、どんな皇帝陛下に献上してもいい贈り物にならあ。

キャリバン　いじめないでくれよぉ。もっとさっさと薪を運ぶから。

ステファノー　発作を起こして、わけのわからんことを言ってるな。俺の酒袋から一口飲ませてやろう。ワインを飲んだことがなけりゃ、きっと発作もおさまるだろう。こいつを元気にして飼い馴らせたら、すげえ高値で売り飛ばしてやろう。買い手に、たんまり払わせりゃ、儲けはばっちりだ。

キャリバン　まだ痛くしてないけど、そのうち痛い目に遭わせるんだろ。ぶるぶる震えてるから、わかる。プロスペローがおまえに魔法をかけたんだ。

ステファノー　さあさあ、口をあけろ。こいつを飲めば猫もしゃべりだすって代物だぜ、猫ちゃんよ。口をあけろって！　ほおら、これでおまえのぶるぶるもぶっ飛ぶぜ。ばっちりだ。誰が味方かわからねえのか。その顎をもう一度あけるんだ。

トリンキュロー　その声、聞き覚えがある。その声は――でも、あいつは溺れたんだ。こいつは悪魔だ。ああ、助けて！

ステファノー　足が四つで声が二つ。すげえ化け物だ！　前から出る声は味方をよく言うが、うしろの声は悪態ついて、あしざまに言う。俺のワインを全部飲ませて治るなら、こいつの病気を治してやろう。さあ飲め、よおし、いいぞ！　こっちの口にも注いでやろう。

トリンキュロー　ステファノー！

ステファノー　こっちの口は俺を呼ぶのか！　何てこった！　こいつは悪魔だ。化け物なんかじゃねえ。逃げよう。悪魔と付き合うための長いスプーン[※1]なんて持ってねえよ。
トリンキュロー　ステファノーか？　ステファノーなら、俺にさわってくれ。話しかけてくれ。俺はトリンキュローだ！　大丈夫だ——おまえの友だちのトリンキュローだよ。
ステファノー　おまえがトリンキュローなら、出てこい。短いほうの足を引っ張ってやろう。どっちかがトリンキュローの足なら、こっちだ。うわ、ほんとにトリンキュローじゃねえか！　なんだってこんなとんでもないやつのクソになったんだ。こいつは、トリンキュローを尻（しり）からひり出せるのか？
トリンキュロー　俺、こいつが雷に打たれて死んでると思ってたんだ。だけど、おまえ、溺れ死にゃしなかったのかい、ステファノー？　溺れ死んだんじゃないといいんだけどなぁ。嵐は行っちまったか。俺、嵐が怖くて、この死んだ化け物の上着の下に隠れてたんだ。で、おまえ、生きてるのか、ステファノー？　ああ、ステファノー、ナポリっ子が二人助かったのか？
ステファノー　頼むから、そうぐるぐる回さないでくれ。腹の調子が悪いんだ。
キャリバン　こいつら、精霊じゃないとしたらすごいやつらだ。この天上の飲み物を持っているほうは立派な神様だ。この人に跪（ひざまず）こう。
ステファノー　どうやって助かった？　どうやってここへ来た？　この酒に誓って正直に話せ。俺は、酒樽（さかだる）につかまって助かったんだ。船乗りどもが海に投げ捨てたやつだ。この酒の袋にかけて本当だ。こいつは、俺が島に上がってから木の皮でこさえたお手製だぜ。
キャリバン　あんたの手下になるって、その酒袋にかけて誓うよ。なにしろ、その飲み物はこの世のものじゃないもんなあ。
ステファノー　さあ、今度はおまえがどうして助かったのか言え。
トリンキュロー　岸まで泳いだんだ、鴨みたいに。俺、鴨みたいに泳げるんだ、本当だぜ。
ステファノー　〔酒袋を渡して〕そら、聖書にキスしろ。鴨みたいに泳げるのかもしれねえが、そのざまは、まるであほなガチョウだな。
トリンキュロー　ああ、ステファノー、これ、まだあるかい？
ステファノー　酒樽いっぱいあるぜ。俺の酒蔵は海辺の岩場だ。そこにワインを隠してある。どうした、化け物、ぶるぶる震える病気の具合はどうだ？
キャリバン　あんたたち、天から降りてきたのか？
ステファノー　月からな。請け合うぜ。俺、昔、月の男[※2]だったんだ。
キャリバン　おいら、見たことがあるよ、あんたが月の中にいるの。尊敬するなあ。おいらの女主人[※3]が教えてくれたんだ、あんたの犬

※1　「悪魔と食事をする者は長いスプーンを持たねばならぬ」という諺があり、ＯＥＤはその用例としてここを挙げている。「悪魔のような人とはできるだけ距離を置いた方がいい」という意味の隠喩。『まちがいの喜劇』第四幕第三場参照。
※2　月の男については64ページ注2参照。
　アーデン2版は「月からきたという主張は、インディアンの多神教を利用しようとした無節操な航海者らがよく用いた」と記す。
※3　My mistress　ミランダのこと。「俺の女」などと訳すことも可能。ファーディナンドが同じ言葉を用いるときは「あの娘」「お嬢さん」「わが妻」という訳語を充てた。

と茨（いばら）※1のことも。

ステファノー　よし、月の男の俺様を敬うと、こいつにかけて誓え。この聖書※2にキスしろ。また中身をいっぱいにしてやる。誓え。

〔キャリバンは酒を呑む。〕

トリンキュロー　このありがたい光※3に誓って、こいつは、なんて浅はかな化け物だ。俺はこんなのを怖がっていたのか？　頭の弱っちい化け物じゃねえか。月の男だぁ？　まったく哀れな信じやすい化け物だ。よっ、呑みっぷりがいいぞ、化け物！

キャリバン　〔ステファノーに〕この島の豊かなところを隅々まで教えてやるよ。その足にキスする。おいらの神様になってくれ。

トリンキュロー　この光にかけて、こいつは腹黒い酔っ払い化け物だ。神様が寝てたら、酒を盗もうって腹だな。

キャリバン　その足にキスする。手下になるよ。

ステファノー　じゃあ、跪（ひざまず）いて誓え。

トリンキュロー　この頭の足りない化け物には大笑いだ。まったくけちな化け物だ。殴ってやってもいいところだぜ——

ステファノー　さあ、キスしろ。

※1　月の男は、ランタンと茨（thorn bush＝棘のある柴）の束を抱え、犬を連れていると信じられていた。『夏の夜の夢』の劇中劇で、その恰好をした月の男が演じられる。

※2　酒袋のこと。

※3　太陽光のこと。

※4　Fでは散文として印刷されているが、ポープが韻文に校訂して以来それを踏襲するのが伝統。

※5　pignuts　根に汁気の多い木の実のような塊ができる。豚が好んで掘った。大地のナッツ（earth-nuts）とも呼ばれる。

※6　marmoset　体長二十センチぐらいのリスのように敏捷な猿。ハーコート著『ギニアへの航海』に、島で食べたとの記載がある。

トリンキュロー　まあ、酔っ払ってるから見逃してやるが。おぞましい化け物め！

キャリバン　〔ステファノーに〕一番おいしい泉を教えてあげるよ。※4 木の実を摘んできて、魚も捕ってきてやる。薪（まき）もたっぷりやる。おいらをこき使ってきた暴君はくたばるがいいや。あんなやつにもう棒切れ一本運ばない。あんたについていく。あんた、奇跡の人だ！

トリンキュロー　まったく馬鹿げた化け物だぜ、つまらん酔っ払いをつかまえて、奇跡の人にしちまいやがった。

キャリバン　野生のリンゴが生（な）っているところに案内してやるよ。この長い爪でピグナッツ※5も掘ってやる。カケスの巣を教えてやる。すばしっこいキヌザル※6の捕まえ方も教えてやる。ハシバミの実が生ってるところに連れていってやる。ときには岩場の海カモメ※7の雛（ひな）も捕まえてきてやる。一緒に来てくれるかい？

ステファノー　ごちゃごちゃ言わずに案内しろ。トリンキュロー、王様もそのお仲間も全員溺れ死んじまったからには、俺たちがこの島の支配者だ。さあ、この酒袋を持て。わが友トリンキュロー

※7　scamel　OEDも意味不明としている謎の単語。恐らくsea-mew（カモメのような海鳥）の異綴りであるseamelの誤植か。本書161ページ参照）。カモシカに似たchamois説、岩場の貝のlimpet説など諸説紛々。岩波文庫『あらし』註解は「こじゃくちどり」(bar-tailed godwits) と注記している。これはH・スティーヴンソン著『ノーフォークの鳥類』（一八六六）やJ・ライト著『英国方言辞典』（一八九五～一九〇五）が示すとおりノーフォーク方言でそう呼ばれるのが根拠だが、集注版編者ファーネスが「この鳥は岩場に巣を作らない」として否定して以来、顧みられることがない。

よ、こいつはそのうちまた酒で満たしてやる。

〔キャリバンは酔っ払ってわめく。※1〕

キャリバン　さよなら、ご主人様！　さよなら、さよなら！

トリンキュロー　わめく化け物だ！　酔っ払いの化け物だ！

キャリバンは酔っ払って歌う。

キャリバン　魚の簗(やな)なんて、やなこった※2〔◇〕

薪も運ばん〔◆〕

言うこと聞かん〔◆〕

もう皿洗いも、やなこった〔◇〕

バン、バン、キャ――キャリバン※3〔△〕

万歳、新しいご主人様が一番！〔△〕

自由だ、やった！　やったぁ、自由だ！　自由、やった、自由！

ステファノー　おお、すげえぞ※4、化け物！　案内しろ。

一同退場。

※1　Fでは、ここに「酔っ払って歌う」とあるが、ケンブリッジ版やオックスフォード版の注記に従い、訂正した。ライムのある行が歌になっている。

※2　裏拍入りの弱強四歩格の歌。

※3　**Ban' ＿ ban' Ca-Caliban**　最初のバンのあとに無音の弱拍を数える。最初の「キャ」は軽く添えるようにして四拍のリズムで歌う。

※4　**O brave**　アーデン3版は、この語はキャリバンの空威張りをからかって皮肉に用いられていると注記する。文字どおりに「すばらしい」と褒めているのではなく、「とんでもない」という意味合いで「すごい」と言っているということ。

第三幕　第一場

ファーディナンド（丸太を運びながら）登場。

ファーディナンド　遊び[※5]でもつらいときがあるが、
楽しくやれれば楽になる。[※6]下賤（げせん）な仕事も、
気高い心を持って行えば、つまらぬことでも
豊かな実りをもたらすだろう。この卑しい仕事は、
僕にはおぞましくも嘆かわしくも思える類（たぐい）のものだが、
僕のお仕えするあの娘（こ）[※7]が、死んだ心に命を吹き込み、
この労働を歓（よろこ）びに変えてくれる。ああ、あの人は、
あの父親の意地悪さの十倍も優しい人だ。
あの父親は冷酷さでできている。この丸太を
何千本も運んで、積み上げろと
厳しく命令するのだから。素敵なあの娘は、
僕が働くのを見て涙し、こんな卑しい仕事は

※5　Sports　シュミットの『シェイクスピア語彙辞典』（*Shakespeare-Lexicon*）はここを用例に挙げ、「気晴らし、娯楽、お楽しみ、遊び」と定義している。ケンブリッジ版は「現代の意味でのスポーツではない」と注記する。当時、戸外でのsportには、狩猟、鷹狩、熊いじめなどがあった。遊びと仕事の同列化については、『ヘンリー四世』第一部第一幕第二場「もし一年中が遊び呆ける休日ならば、遊びも仕事と同様つまらなくなる」参照。

※6　『マクベス』第二幕第三場「楽しい骨折りは苦労にはならぬ」参照。

※7　The mistress　77ページ注3参照。

僕のような者に似合わないと言ってくれる。忘れていた。※1
でも、この素敵な物思いが労働の疲れを癒(いや)してくれる。
休んでいるときが、物思いで一番忙しくなるのだ。※2

ミランダ登場。プロスペロー〔が離れたところに〕登場。

ミランダ　まあ、どうか、
そんなに根(こん)を詰めないで。そんな丸太、さっきの雷が落ちて
燃えてしまえば、あなたも積まずに済んだのに。
どうかそれを置いて、休んで頂戴(ちょうだい)。丸太が燃えたら、
あなたを疲れさせてしまったと泣くでしょう。※3 父は、
今、本を読むのに忙しくしています。どうか、休んで。
あと三時間は出てこないから。

ファーディナンド　ああ、愛(いと)しいお嬢さん、
でも、そんなことをしていたら、仕事が終わらないうちに
日が暮れてしまいます。

ミランダ　あなたが坐(すわ)ってるあいだに
私が丸太を運ぶわ。ねぇ、それをこちらへ。
私が運んであげる。

※1　I forget.　仕事の手が止まっていたことを言う。
※2　Fには Most busie lest, when I doe it とある。lest は least の異綴りゆえ、Most busy, least when I do it（仕事の手が最もおろそかになるとき、物思いが最も忙しくなる）と読むケンブリッジ版に従った。他に busily の最上級を考え、Most busilest (busil'est) when I do it（仕事をするときに、物思いが最も忙しくなる）とするカーモードの校訂を採用する現代版も多い。だが、この校訂は「忘れていた」を無視していると、ケンブリッジ版は批判している。
※3　木が燃えるとき滲み出てくる樹脂や水分を涙に譬えた。

ファーディナンド　いやいや、可愛い人、
君にそんなことをさせるくらいなら、
この筋肉が切れて、背骨が折れたほうがましだ。
のんびり坐って見てるわけにはいかない。
ミランダ　　あなたがすることは
私にも似合うはず。それに、あなたは
いやいやしてるのに私は喜んでやるんだから、
私のほうが楽にできるわ。[※4]
プロスペロー　〔傍白〕哀れなやつ、恋の病に罹（かか）りおった。
こうしてやってきたのがその証拠。[※5]
ミランダ　　疲れたお顔ね。
ファーディナンド　いえ、お嬢さん、あなたがいてくれたら、
夜も爽（さわ）やかな朝となります。どうかお願いです――
わが祈りにあなたの名前をこめたいので――
教えてください、お名前を。
ミランダ　　ミランダよ。あっ、お父さん、
言いつけに背いてしまったわ！
ファーディナンド　ミランダとは驚きという意味。[※6]

※4　サム・メンデス演出（一九九三）以降、ファーディナンドが苦労して運んでいた丸太をミランダが軽々と持ち上げて観客の笑いを取ることが多い。

※5　**This visitation shows it**「この訪れがそれを示す」。visitationには「疫病に罹ること」(the onset of plague)の意味もあり、掛詞となっている。

※6　**Admired Miranda!**　ラテン語***mirari***（驚きの目をもって見る）の受動態未来分詞の女性形***miranda***が彼女の名前であり、admired (***ad + mirari***)も「驚きの目をもって見る」の意味なので、結局「名前の意味を説明していることになる」と大修館シェイクスピア双書は注記する。

まさに驚きの極致だ！　この世で最も
大切な宝物！　これまで多くの女性を
この目は見つめてきたし、幾度も
その声の調べに聞き惚（ほ）れ、耳を
虜（とりこ）にされたことがある。さまざまな美徳ゆえに
さまざまな女性を好ましく思ったことがあるが、
心から愛したことはない。どんな人にも何かしら
欠点があって、その最も気高い美点に
泥を塗ってしまうからだ。だけど、君は、ああ君は、
あまりに完璧（かんぺき）、あまりに比類ない、あらゆる人間の最高の美を
集めたような人だ。[※1]

ミランダ　私は女の人を
一人も知らないし、女の人の顔は覚えてない[※2]——
鏡に映った自分の顔は別だけど。それに
男の人と呼べるのも、お友だちのあなたと
お父様ぐらいしか見たことがない。よそに
どんな人がいるのか知らないけれど、
（私の持参金の宝である）純潔にかけて、

※1　「あらゆる美を一身に兼ね備える」という形容は古くからあった。古代ギリシャの画家アペレスがヴィーナスを描くのに何人かの美女の特徴を盛り込んだという逸話と関連すると、サミュエル・ジョンソンは示唆する。『お気に召すまま』第三幕第二場に於けるロザリンドの描写参照。
※2　愛を告白するに当たってさまざまな女性を知っていることを吹聴するファーディナンドに対して、ミランダは誰も知らないことを語るというコントラスト。17ページで「お世話をしてくれる女の人が四、五人ついてい」たことをぼんやりと記憶していると言ったミランダだが、その顔も覚えていないのだろう。

この世で一緒にいたいと思うのはあなただけ。
あなた以外の姿かたちをしている人を
好きになんてなれないわ。あら、私、
なんておしゃべりなのかしら。つい、
父の言いつけも忘れて――

ファーディナンド　僕の身分は王子です（ミランダ※3）。
王かもしれない（そうでないといいのだが！）
だから、こんな奴隷のような仕事は、この口の中に
蝿が卵を産みつけるぐらい耐えられない！　どうか
この心の声を聞いておくれ。
君を見たとたん、わが心は君に仕えるべく
君の足許(もと)に飛んでいき、君の奴隷となるべく
留(とど)まることにした。だから君のために、
こうして丸太運びに耐えているんだ。

ミランダ　　　　　　　私を愛してくれるの？※4

ファーディナンド　ああ、天よ、地よ、わが言葉の証人となり、
それが真(まこと)なら、幸(さち)をもって祝福し、
もし偽りであったなら、手にすることができたはずの

※3　韻律に乱れがあり、改行の仕方に誤りがある台詞とアーデン2版は指摘する。この最初の行をシェアード・ラインと解釈する編者が多いが、ケンブリッジ版と同様、ミランダの台詞終わりに二拍の間を数えるべきか。ミランダの愛の告白と羞恥に対してすぐ台詞をかぶせず、二拍の間をとってから「僕の身分は王子です（ミランダ）」から五拍のリズムを維持しながら上のように改行し直すと「この心の声を聞いておくれ」の後に愛の告白の前の緊張の三拍の間が入る。そのように解釈して訳した。

※4　Do you love me?　エアリエルも、この単純な四語をプロスペローに言う。

幸運のすべてを禍（わざわい）となせ！　僕は、
この世のどんなものも遙（はる）かに及ばないほどに
君を愛し、大切にし、尊敬する。

ミランダ　ばかみたい、私、
嬉（うれ）しいのに泣いたりして。※1

プロスペロー　〔傍白〕類稀（たぐいまれ）なる二つの愛の
美しい出会いだ！　天よ、二人の愛の結実に
恵みの雨を降らせたまえ！

ファーディナンド　どうして泣くの？

ミランダ　私が至らないから。※2　あなたに差し上げたいような
私ではないから。死ぬほどほしいものを
手にする資格もない。でも、こんなこと言っても
仕方ないわ。愛する気持ちは、隠そうとすればするほど
大きくなってしまう。消えなさい、恥じらいの仮面！※3
ありのままの、清らかな無垢（むく）よ、私を支えて。
あなたの妻になります、結婚してくれるなら。
でなければ、娘のまま、あなたのしもべとして死にます。※4
伴侶（はんりょ）になれなくても、召し使いになるわ。

※1　『ロミオとジュリエット』第三幕第二場「愚かな涙、もとの泉に戻りなさい。おまえの雫は悲しみに捧げるもの、それをまちがえて喜びに捧げたりして」、『マクベス』第一幕第四場「とめどない喜びがあまりに満ち溢れ、哀しみの雫に身をやつしてこぼれそうだ」参照。

※2　『ヴェニスの商人』第五幕第一場で愛を告白するポーシャの卑下と類似する。

※3　『ロミオとジュリエット』第二幕第二場「私の顔、夜の仮面がついているからいいけれど、そうでなければ、恥ずかしくて真っ赤になるわ」参照。

※4　I will die your maid　「処女」と「侍女」の掛詞がある。

あなたが何と言おうと。

ファーディナンド　わが妻だ（愛しい人）。
僕がこうして身を屈める。[※5]

ミランダ　じゃあ、私の夫ね？

ファーディナンド　ああ。縛られた者が
解き放たれる喜びをもって。さあ、手を。[※6]

ミランダ　この手に私の心をこめて。じゃあ今はこれで。
またあとで、三十分後にね。

ファーディナンド　幾千回も、さようなら。[※7]

ミランダとファーディナンド〔別々に〕退場。

プロスペロー　あれほどの喜びようは、とても真似できない。
二人には思いがけないことなのだ。だが、私にとっても
願ってもないこととなった。魔法の本に戻ろう。
夕食前までにやっておかねばならぬ
大事な仕事がまだまだある。

退場。

※5　三拍半の短い行。一拍半のポーズがあり、ファーディナンドは跪き、彼女を見上げる。

※6　ケンブリッジ版が注記するように、エリザベス朝には hand-fasting（手を固く握り合う）という儀式があり、手を握って夫婦であると現在形で言い合うことで婚約が成立した。つまり、ここで二人は単なる口約束でなく、正式な婚約をしたということ。婚約は結婚と同じ拘束力を持つとされた。『終わりよければすべてよし』のダイアナや、『夏の夜の夢』のヘレナのケースを参照のこと。

※7　結婚を約束したあとのジュリエットの台詞「一千回も『好き』って言いたいわ。おやすみ！」参照。

第三幕　第二場

キャリバン、ステファノー、トリンキュロー登場。

ステファノー　うるせえ！　樽(たる)が空になったら、水でも飲むさ。それまでは一滴もごめんだね。だから、帆かけて突撃だ。おい、化け物召し使い、俺に乾杯しろ。

トリンキュロー　化け物召し使いときたもんだ！　この島は滅茶苦茶だな。この島には五人しかいねえが、そのうち三人が俺たちだ。残りの二人もこんなに頭がくらくらしてたら、国がふらつくぜ。

ステファノー　俺が呑(の)めと言ったら呑むんだ、化け物召し使い。おっ、目がすわってきたな。その面(つら)、見りゃわかる。

トリンキュロー　そりゃ、目は面にあるからな。すわるったって尻(しり)に目があるわけじゃねえ。尻に目があったら、すげえ化け物だ。

ステファノー　わが化け物召し使いは、酒に舌を溺(おぼ)れさせちまったらしい。俺は海にだって溺れねえぞ。岸まで泳ぎ切ったんだ。流されながらも三十五リーグ。よおし、この光にかけて、化け物、おまえを俺の副官か旗持ちにしてやる。

トリンキュロー　副官だろ。旗持ちは無理だ。こんなに足がもたついてボテっとしてちゃ、旗持ちどころか、牡丹餅(ぼたもち)にしかなれねえよ。

ステファノー　俺たちゃ敵から逃げたりしねえぞ、ムッシュ・モンスター。
トリンキュロー　足がふらついて歩けねえんだから、逃げられるかってんだ。犬みたいにへたばって口もきけねえ。
ステファノー　おい、できそこない、おまえもまともなできそこないなら、何とか言え。
キャリバン　こりゃどうも旦那（だんな）。旦那の靴をなめさせてください。こいつになんか仕えませんよぉ。こいつ、勇気がないから。
トリンキュロー　この嘘つきめ。何も知らねえ化け物め。俺はいざとなったらお巡りと取っ組み合いだってする男だ。なんだ、このへべれけの魚め、弱虫なら、今日の俺ほど酒をかっくらえるかってんだ。半魚人（はんぎょじん）の化け物のくせしやがって、化け物じみた嘘ついてんじゃねえよ。
キャリバン　ああ、あんなひどいこと言ってやがる。言わせておくんですか、ご主人様？
トリンキュロー　「ご主人様」ときたもんだ！　化けもんがこんなばかもんだとはな。
キャリバン　ほらまた！　嚙（か）み殺しちまってください、お願いです。
ステファノー　トリンキュロー、おとなしく黙ってろ。叛乱（はんらん）を起こしやがったら、次の木から吊（つ）るすぞ！　この化け物は俺の家来だ。侮辱してはならん。
キャリバン　ありがとうございます、ご主人様。もう一度、先ほどの願いごと、聞いてもらえますか。
ステファノー　よかろう。跪（ひざまず）いて述べるがよい。俺は立つ。おまえも立つんだ、トリンキュロー。

目に見えない姿でエアリエル登場。

キャリバン　さっきも言ったとおり、おいら、暴君に[※1]つかまってるんです。魔法使いで、その術を使って、おいらからこの島をだまし取ったんです。

エアリエル　嘘つきめ。[※2]

キャリバン　〔トリンキュローに〕嘘つきはおまえだ。このふざけたエテ公め。おいらの勇敢なご主人様にやっつけてもらうぞ。おいらは嘘なんかついてない。

ステファノー　トリンキュロー、こいつの話を二度と邪魔してみろ。この手にかけて、おまえの歯を数本引っこ抜くぞ。[※3]

トリンキュロー　なんだよ、俺、なんも言ってないよ。

ステファノー　じゃ、黙ってろ。もう言うな。続けろ。

キャリバン　魔法で、この島を奪ったんです。おいらから奪ったんだ。お偉いご主人様が、仕返ししてくだされば（きっとやってくださいますね）こいつには無理だけど。

ステファノー　そりゃ、そうだな。

※1　Fではここからキャリバンの台詞が韻文となっている。韻律が整っていないため、ここと次を散文のままとする版もあるが、アーデン3版に従う。

※2　エアリエルはトリンキュローの背後から声を出すなどして、トリンキュローが言ったと誤解させる。『夏の夜の夢』のパックとちがい、声色を真似る必要はない。トリンキュローにはその声が聞こえないらしい。

※3　「引っこ抜く」のsupplantはOEDが6番の定義でここを用例に挙げる昔の用法。現代では「(人の地位を)乗っ取る、取って代わる」の意味であり、アーデン3版とケンブリッジ版は、本作の主題に関わるとしている。

キャリバン　この島の王様になってください。お仕えします。
ステファノー　どうすりゃいいんだ？　そいつのところへ案内できるか？
キャリバン　はい、はい。ご主人様。やつが眠っているところへお連れします。そしたら、頭に釘を打ち込んでやればいい。
エアリエル　嘘つきめ、できるもんか。
キャリバン　何ていうふざけた道化野郎だ？　このさもしいまだら阿呆！　大王様、こいつをぶん殴ってください。やつから酒を取り上げるんだ。あれがなきゃ、海水を飲むしかなくなる。こいつには、新鮮な泉がどこにあるか教えてやらないから。
ステファノー　トリンキュロー、これ以上危険な目に遭おうとするな。もう一度化け物の話を遮りやがったら、この手にかけて、一切の慈悲を叩き出し、おまえをぼこぼこにしてやるからな。
トリンキュロー　なんだよ、俺が何したって言うんだよ？　なんもしてねえよ。離れていよう。
ステファノー　嘘つきめって、言ったろ？
エアリエル　嘘つきめ。
ステファノー　俺が嘘つきだと？　これでもくらえ。〔トリンキューローを殴る〕もっと殴ってほしかったら、もう一度言ってみろ！

トリンキュロー　嘘つきなんて言ってないよ。頭も耳もどうかしちまったんじゃねえのか。その酒のせいだ！　酒でおかしくなっちまったんだ。おまえの化け物なんか、疫病にとっつかれちまえ。おまえの拳骨（げんこつ）は悪魔にもっていかれちまえ。

キャリバン　ハッハッハッ！

ステファノー　さあ、話を続けろ。〔トリンキュローに〕そのほうは下がっていよ。

キャリバン　こてんぱんにしちまえ。そのあとでおいらも殴ってやる。

ステファノー　もっと離れていよ。〔キャリバンに〕さあ続けよ。

キャリバン　さっきも言ったように、あいつは午後昼寝をするのが習慣なんだ。そのとき脳天をぶち割ればいい。まずやつの本を奪うんだ。そうすりゃ、丸太で頭蓋骨（ずがいこつ）を砕こうが、杭（くい）を腹に突き刺そうが、ナイフで喉笛（のどぶえ）かっ切ろうが何だっていい。とにかく、最初にやつの本を取り上げなきゃだめだ。あれがなきゃ、やつは、おいらと同じ、でくの坊になる。精霊一匹動かせやしない。精霊どもはおいらと同じに、やつを心底憎んでる。やつの本を焼いちまえばそれでいい。やつには立派な調度品[※1]（とか呼んでるもの）があって、

※1　utensils　OEDに拠れば家具や什器などを指す。プロスペローから奪える貴重品・戦利品として言及されている。

家を建てたらそれで飾るんだそうだ。
そして何より忘れちゃいけないのが、
やつの娘がとびきり美人だってことだ。やつ自身、
絶世の美女だと言っている。おいらは、女は
おふくろのシコラックスとあの女しか見たことがないが、
ありゃ、おふくろなんかとは比べものにならない。
最大のものと最小のものぐらいちがう。

ステファノー　　そんなにいい女か?※2
キャリバン　はい、ご主人様。あなたのベッドにふさわしい女です。
立派なお世継ぎを産むでしょう。
ステファノー　化け物よ、その男を殺してやろう。娘と俺は王と王妃になる。両陛下万歳だ。
で、トリンキュローとおまえは国王代理だ。この計画は気に入ったか、トリンキュロー?
トリンキュロー　いいね。
ステファノー　じゃ、握手だ。さっきは殴って悪かったな。だが、今後はよけいな口をきくん
じゃないぞ。
キャリバン　あと半時間もしたら、やつは眠ります。
そしたら、やっつけてくれますか?
ステファノー　　ああ、名誉にかけて。

※2　ほとんどの現代版がシェアード・ラインとしている。ケンブリッジ版は、散文を話すステファノーが、こやその他の箇所でキャリバンの韻文のリズムに引き寄せられていると注記する。

エアリエル　こいつは、ご主人様に知らせなくちゃ。

キャリバン　おかげで楽しくなってきた。うれしくてたまらない。陽気にやろう。さっき教えてくれた追っかけ歌[※1]、歌ってくれるかい？

ステファノー　おまえの頼みとあっちゃ、化け物よ、聞いてやらずばなるまいて。さあ、トリンキュロー、歌おうぜ。

（歌う）馬鹿にしてやれ、嘲ってやれ〔▲〕
　嘲って馬鹿にしてやれ〔▲〕
　思うのは勝手[※2]

キャリバン　節がちがうぞ。

　エアリエルが小太鼓と笛[※3]でメロディーを奏でる。

ステファノー　何だ、こりゃ？

トリンキュロー　こりゃ俺たちの歌の節だ。奏でてるのは、体がねえやつだな。

ステファノー　てめえ、男なら、姿を見せやがれ。悪魔なら、勝手にしやがれ。

トリンキュロー　ああ、わが罪のお赦しを！

※1　catch (song) 輪唱。『十二夜』第二幕第三場で歌われる「この野郎」という追っかけ歌も三人で歌われ、「黙れ、この野郎黙れ、馬鹿、黙れ馬鹿、馬鹿」という単純な歌詞を次の人が二小節ずつずらして歌っていく（角川文庫『新訳　十二夜』巻末楽譜参照）。

※2　Thought is free. 『十二夜』第一幕第三場でもマライアが言う。「私がどう思おうと私の勝手」という意味。ここはリフレインか。

※3　tabor and pipe 肩から吊った小太鼓を右手のスティックで叩き、左手で三つ穴の縦笛を持ち演奏する。道化役者リチャード・タールトンがそのように演奏している絵が残っている。

ステファノー　死んだらぜんぶチャラだ。ざけんなよ！　助けて！

キャリバン　怖いのか？

ステファノー　いや、化け物、怖かねえよ。

キャリバン　怖がることはない。この島は音でいっぱいなんだ。[※4]楽しくなる素敵な音やメロディーだ。何も怖くないよ。ときには無数の楽器がボロロンと耳許（もと）で響くんだ。ときには、うんと眠って目が覚めたばかりでも、また眠りに戻りたくなるような、そんな歌声が聞こえてくる。そんなときは夢の中で、なんかこう、雲がぱっと割れて、そこから宝物が今にもおいらに降ってきそうなんだ。目が覚めちまうと泣いたもんだ、も一度夢を見たいとね。

ステファノー　こいつは大した王国になりそうだ。ただで音楽が聴けるとすりゃあ。

キャリバン　プロスペローをやっつけたらだよ。

ステファノー　そのうちにな。[※5]その話は忘れちゃいない。

トリンキュロー　音が遠ざかっていく。ついて行こうぜ。仕事はそのあとだ。

※4　『ヴェニスの商人』第五幕第一場で語られる「音楽のすばらしい力」の話に基づけば、音楽を聴く耳を持つキャリバンの心の清らかさが示唆される。

※5　That shall be by and by.「すぐに（By and by）と、言うは易し」（『ハムレット』第三幕第二場）のように、by and byは「すぐに」と訳せる言葉だが、当時「直ちに」から「そのうちに」（soon）の意味に変化しており、ここでは後者の意味だとケンブリッジ版は注記する。『ヘンリー四世』第一部第五幕第四場「すぐに（by and by）葬ってやろう、その臓腑を抜いてな。それまで血にまみれて、パーシーの横で寝てな」参照。

ステファノー　先に立って歩け、化け物。ついていくから。あの太鼓を叩いてるやつを見てみたいもんだな。かなり調子いいじゃないか。

トリンキュロー　〔キャリバンに〕来ねえのか？[※1]〔ステファノーに〕待ってくれ、ステファノー。

一同退場。

第三幕　第三場

アロンゾー、セバスチャン、アントーニオ、ゴンザーロー、エイドリアン、フランシスコその他登場。

ゴンザーロー　いやもう、これ以上歩けません。この老骨が痛みます。まるで迷路だ。まっすぐ行ったり曲がったり！　すみませんが、休ませてください。

アロンゾー　その歳では無理もない。

※1　プロスペロー殺しを約束したのに、二人が音楽を追うことに不満なキャリバンは、先導を命じられても動かないと多くの現代版は解釈する。Fでは Wilt come?（来ねえのか？）と Ile follow *Stephano.*（待ってくれ、ステファノー）のあいだに改行があるため、最初はステファノーの台詞で彼が「来るか？」と言って歩き出すと、トリンキュローが追いかけるとする説もある。動こうとしないキャリバンに向かって「俺はステファノーについていくぜ」と言うとする説もある。エアリエルの誘導が効果を生み、キャリバンの思惑どおりにいきそうにないことがここで明示されるのがポイント。

この私もすっかりくたびれ果て、
気力が萎(な)えてしまった。すわって休むがいい。
こうなったら希望はきっぱり捨て、
気休めにするのはやめよう。あれは溺(おぼ)れたのだ。
こうしてさまよい求めてはみたものの、陸での
無駄な捜索を海が嘲っている。もう諦(あきら)めよう。

アントーニオ　〔セバスチャンに傍白〕諦めてくれてよかった。
一度しくじったからと言って、やると決めたことを
見合わせてはだめですよ。

セバスチャン　〔アントーニオに傍白〕次のチャンスで
やり遂げよう。

アントーニオ　〔セバスチャンに傍白〕今晩やりましょう。
皆こんなに疲れ切っている。
元気なときのように、寝ずの番など
したくてもできないでしょう。※2

セバスチャン　〔アントーニオに傍白〕よし今晩だ。もう黙れ。

厳かで奇妙な音楽。プロスペローが（見えない姿で）舞台天辺に登場。※3

※2　Fでは、この後の二つのト書きがここに印刷されている。

※3　Prosper on the top (invisible)　top という語は『ヘンリー六世』第一部第三幕第二場でジャンヌ・ダルクが松明を突き出しながら三行の台詞を言う場所の指定にも用いられているが、オックスフォード版が依拠するJ・C・アダムズ（*Globe Playhouse*, pp. 319–22）に拠れば、これは二階舞台より上の三階の音楽室前だと言う。だが、A・ガーは三階レベルに前面開口部はないと疑念を抱き、舞台屋根の上の小塔（turret）、別名「ラッパ吹きの場所」の可能性も指摘する（Gurr, *Shakespearean Stage*, pp. 147–8）。

アロンゾー　この調べは何だ？　諸君、聴きたまえ！

ゴンザーロー　驚くほど美しい音楽ですな。

何人かの奇妙な姿をした者たちが、果物やワインや珍味の料理※1を載せたテーブルを運び込み、その周りを踊りながら優雅にお辞儀をし、王を食事へ招き入れる動作などをしてから立ち去る。

アロンゾー　天使たちよ、護(まも)らせたまえ！※2　今のは何だ？

セバスチャン　生きている操り人形だ！　こうなると一角獣の存在も信じたくなる。アラビアには不死鳥の玉座と呼ばれる木があって、今でもそこに不死鳥が君臨している話※3も。

アントーニオ　私も信じます。もう何だって、信じがたいものすべて来るがいい。真実だと誓おう。旅人たちは嘘をついていなかったんだ※4。国から出ない愚か者たちは嘘だと非難していたが。

ゴンザーロー　ナポリに帰ってこんな話をしたら、信じてもらえるでしょうか。これこれしかじかの島の人たちを見たと（何しろ、

※1 banquet 饗宴のメインデッシュではなく、コースの最後に通常別室で供する珍味、菓子、果物、ワイン等。OED3 a の定義。

※2 Give us kind keepers, heavens! 『ハムレット』第一幕第四場参照。keepers は Guardian angels（守護霊）を指す。

※3 古代エジプト神話の Phoenix は、五百年毎に自ら炎に包まれ、焼死したのち蘇る不死鳥。火の鳥とも呼ばれる。シェイクスピアの詩「不死鳥と雉鳩」の二行目でも、不死鳥の止まる「一本のアラビアの木」が言及されている。

※4 当時、旅行記が多数書かれた。「旅人はもっともらしく嘘をつく」という諺もある。

今のが島の人間であることはまちがいありませんから)
とんでもない恰好をしていたが、それでも
その物腰はとても優雅で、親切だったと。
我々の人間社会にもあれほどのものは
めったに、いや皆無でしょう。

プロスペロー　　　　　　　　　正直者よ。[※5]
そのとおりだ。そこにいる連中のなかには
悪魔よりひどいやつもいるからな。

アロンゾー　　　　　　　　　感心してもしきれないほどだ。
あの姿、あの仕草、あの音楽、すべて
(言葉を発することはなかったが)無言のすばらしい
思いを伝えていたではないか。

プロスペロー　　　　　　　　感心するのはまだ早い。[※6]

フランシスコ　奇妙にも消えてしまいました。

セバスチャン　　　　　　　　　　　　かまうものか。
食い物を置いていってくれたからな。腹が減った。
陛下、これを召しあがりませんか。

アロンゾー　　　　　　　　いや、私は。

※5　「傍白」と書き加える現代版が多いが、劇場の天辺から大声で言っても他の登場人物には聞こえない設定。観客はその声を聞いて目を上げ、とんでもなく高い所にプロスペローがいることに気づき、驚くのかもしれない。

※6　Praise in departing.　客の賛辞に対する主人側の決まり文句「褒め言葉は別れ際にどうぞ」を意訳した。プロスペローの登場位置が小塔のように極めて高い位置なら、この台詞を言った直後に退場して、二階舞台に出直す可能性もある。Topで語られる台詞が『ヘンリー六世』同様三行以内に限られているのは、それが通常の演技空間ではないからだろう。

ゴンザーロー　ご心配には及びません。子供の頃、
誰が信じたでしょう。山に住む人たちには
雄牛のように、喉（のど）のところが袋のように
垂れた者がいるとか、あるいは胸に顔がある
人間がいるなどという話を。[※1] それが今では
五倍に膨れ上がる賭（か）け金のために冒険に出る旅行家たちが、
その確かな証拠を持って帰る時代です。

アロンゾー　　　食べてみよう。
最後の食事となるかもしれぬが、かまわぬ。
人生の全盛期は過ぎたからな。弟よ、公爵よ、
君たちも一緒に食べてくれ。

雷鳴と稲妻。エアリエルが（ハルピュイアの姿で）[※2] 登場。テーブルの上で翼を打ち鳴らすと、巧妙な仕掛けによってテーブルの上にあった料理などの一切が消える。[※3]

エアリエル　おまえたち三人は罪人（つみびと）だ。下界と
そこにある一切を自在に操る運命の神は、
何もかも呑（の）み込んで飽くことなき海に命じて

※1　ブレムミュアエやアケパロイなどと呼ばれる胸部に顔がある首無し族。『オセロー』第一幕第三場参照。

※2　Harpy　英語発音はハーピー。ギリシャ神話の女の顔をした鳥の化け物。嵐、復讐の擬人化。食べ物を見ると汚らしく貪り食う。ウェルギリウス『アエネーイス』第三巻で、アイネイアース王子らの食卓に舞い降り、饗宴を奪い、剣で打ちかかるも傷つけられなかったと語られる。紀元前三世紀の『アルゴナウティカ』ではイアーソーンに追い払われる。

※3　大きな翼でテーブルが覆われた瞬間に、料理が固定された天板が回転して何もない裏面が表になるか、または天板が落とし戸にな

おまえたちを吐き出させ、人の住まぬこの島に
その身を寄せしめた。おまえたちは人間のあいだで暮らすに
最もふさわしくないからだ。私はおまえたちの正気を
奪ってやった。※4 錯乱して蛮勇を振るう人間は、自ら
首をくくり、溺れ死ぬのだ。

〔アロンゾー、セバスチャン、アントーニオは剣を抜く。※5〕

愚か者め！　私とその仲間は
運命の使い手だ。土から生まれ、火で鍛えた
そのような剣ごときで、わが羽根の一筋たりとて
斬れるものか。吹きすさぶ風を傷つけようと虚（むな）しく、
どんなに斬っても嘲（あざけ）るように傷口がふさがる水を
刺し殺せぬのと同じだ。わが仲間の者たちも
同じく不死身。仮に傷つけることができたとしても、
その剣は今や重すぎて、おまえたちの力では
振り上げることもできまい。だが思い出せ、
（そうさせるのが私の役目）おまえたち三人は
ミラノから善良なプロスペロー公を追放し、

っていて料理を下へ落とし、元に戻るのだろう。C・ウォルター・ホッジズ『絵で見るシェイクスピアの舞台』河合訳（研究社）156〜7ページ参照。

※4　I have made you mad　28ページでエアリエルが語る「狂気」への言及とケンブリッジ版は注記する。その狂気ゆえに皆、海へ飛び込んだのだった。ここで剣を抜き、それに対して「気が狂ったな」と言うとする説もあったが、現代版の殆どは上記の位置で剣を抜くと解釈している。

※5　旧ケンブリッジ版はここを「三人は斬りかかろうとするが、魔法で動けなくなる」としたが、八行後の「今や重すぎて」で剣が重くなるのが自然か。

その罪もない子供とともに海へ流した
（今、その海が仇を討ったのだ）。
天は（その悪事を忘れることなく）ついに、
海を岸を、いや森羅万象を怒らしめ、おまえたちの
平安を襲ったのだ。アロンゾー、おまえからは
息子を奪い、私を通してこうお告げである。
じりじりと続く（いっそひと思いに死んでしまいたい
と思うような）地獄の苦しみが、おまえたちの歩みに
つきまとうべし。その天の怒りから逃れるには――
逃れられねば、今それが、この荒涼たる島で
おまえたちの頭上に降りかかる――逃れる道はただひたすら、
心から悔やみ、清らかに暮らすことだ。

雷鳴が轟くなかエアリエルは消える。すると（穏やかな音楽に合わせて）先ほどの奇妙な者たちが再登場し、（口を歪めて嘲るような渋面を作りながら）踊りを踊り、テーブルを運び去る。

プロスペロー[※1]　怪獣ハルピュイアの役、見事に演じたな、
（わがエアリエルよ）ご馳走を平らげる手際も見事だ。

※1　プロスペローの直前の登場が小塔（97ページ注3）ならば、一旦退場していたプロスペローがここで二階舞台に再登場することも考えられる。アダムズの説では、アロンゾーたちが料理に手をつけようとしたまさにその瞬間に雷鳴と稲妻が轟き、それを合図にエアリエルがテーブルの上に飛び乗るためには、見晴らしのよいところから舞台を見守る人間がキューを出さねばならず、それを行うのが音楽室の前から眺めているプロスペロー役の役者だと言う。だとすれば、プロスペローは退場せずにずっと見守っていることになる。

※2　プロスペローが退場するとフリーズが解け、ゴンザーローら

こう言ってくれと命じたことはすべて
洩れなく言ってくれた。同様に胁役の精霊たちも
生き生きと、並みならぬ注意を払って、
それぞれの役を演じてくれた。おかげでわが高尚な魔法は
威力を発揮し、（わが敵どもは）皆錯乱のうちに
金縛りで動くこともできぬ。完全にわが手中に落ちた。
このまま錯乱の発作に取り憑かれたままにして、私は
（溺れ死んだと思われている）若いファーディナンドと
その恋人、わが愛しの娘の様子を見てくることにしよう。
〔退場。[※2]〕

ゴンザーロー　聖なるものの名にかけて、陛下、なぜそのように
目を剝いていらっしゃるのです？

アロンゾー　　　　　　ああ、ありえぬ、ありえぬ！
荒波が口をきき、告げたようではないか。
風が私に歌っていた、そして雷鳴が（あの恐ろしく
響き渡るパイプオルガンの音色で[※3]）告げたのだ、
プロスペローの名を！　わが罪を責める低い音だった。
となれば、息子は海底の泥に埋もれたのだ。

は話し始める。
　ビル・アレグザンダー演出（一九九四）をはじめ多くの現代公演では、金縛りに遭うのはアロンゾーら三人のみで、それ以外の貴族たちはハルピュイア登場時に気絶して（ないしは演技空間の外に出て）、ここで覚醒して（ないしは演技空間に戻って）驚く。

※3　サミュエル・ローランズの詩（*The Letting of Humours Blood in the Head-Vaine*, 1600, Satire 6）に「聖ポール大聖堂の巨大なオルガンのように歌って、万人の罪を咎める」とある。トマス・ヘイウッド作『高貴な王と忠実な家臣』第一幕第一場にも聖ポール大聖堂の巨大なオルガンへの言及がある。

私は測量の鉛も届かぬ深みまで捜しに行き、
息子と共に泥に沈んで横たわろう。
〔アロンゾー〕退場。

セバスチャン　一度に悪魔一匹ずつが
相手なら、地獄全軍とでも戦ってやる。

アントーニオ　助太刀しましょう。
〔セバスチャンとアントーニオ〕退場。

ゴンザーロー　三人とも自暴自棄になっている。大きな罪の意識が、
ずっとあとになって効果を表す毒薬のように、
その心をむしばみ始めたのだ。どうかお願いだ、
あなたのほうが身が軽い。急ぎ追いかけて、
この狂気[※1]ゆえにとんでもないことをなさらぬよう
気をつけてくれ。

エイドリアン　あとから来てください。[※2]
〔エイドリアンは飛び出していき、〕一同退場。

※1　ecstasy『ハムレット』第三幕第四場「狂気?」、『マクベス』第三幕第二場「眠らせてやった死人と一緒にいるほうがましだ……休まらぬ狂気にあるくらいなら」参照。
※2　Follow, I pray you.　ゴンザーローに向けて言うと解釈されがちだが、ケンブリッジ版が指摘するように、フランシスコその他も含めて全員に言う可能性もある。
※3　ミランダを指す。娘は伴侶（better half）ではないので控え目に言ったとする説、残りの三分の二を亡き妻と自分とする説、ミラノ公国と魔法（または自分）とする説など諸説紛々。プロスペローを四十五歳とし、ミランダを育てた十五年が三

第四幕　第一場

プロスペロー、ファーディナンド、ミランダ登場。

プロスペロー　君を随分厳しく罰してしまったとしても、
これで補ってあまりあるだろう。何しろ私は、
君にわが命の三分の一[※3]を、私の生きる縁（よすが）を
与えたのだから。さあ、もう一度
君の手に渡すことにしよう。君を苦しめたのも、
君の愛を試すためでしかなかった。そして君は、
ものの見事にその試練に耐えた。今ここに、天を証人として
このわが豊かな贈り物を君に贈ろう。おい、ファーディナンド、
私がこの子を自慢するからと言って、にやつかないでくれ。
この子はどんなに称賛してもしきれない。君にもわかるだろう。
どんなに褒めても褒め足りない。

ファーディナンド　　そう信じます。たとえ神が

分の一とする説もある。シボルドは thread が third と綴られていたことや thrid が third と誤植された用例を挙げて「命の糸」と読む校訂をした。以上を紹介する集注版編者ファーネスは、thread が third と綴られた例が多いと指摘しつつも、「糸」と読むと「わが命そのもの」となって、「生きる縁」とは異なってしまうとするキャペル説に賛同する。
　オックスフォード版は、プロスペローが最後に言う「三つに一つの考えは私の墓のことになるだろう」(Every third thought shall be my grave.)（145ページ注3参照）と同様に、最も重要という意味ではないかと示唆する。

否定なさったとしても。[※1]

プロスペロー　では、わが贈り物として、そして君が立派に
勝ち取った褒美として、娘を受け取ってくれ。だが、
神聖なる婚礼の儀式がつつがなく
完全に執り行われぬうちに、この子の
乙女の帯を解こうものなら、天は決して、
甘き恵みの雨を降らしてこの結びつきを
育んではくれぬだろう。それどころか、子ができぬ憎しみ、
不機嫌な目をした軽蔑と不和が、夫婦の新床に
雑草[※2]を撒き散らし、二人ともこの契りを厭わしく
思うことになろう。ゆえに、気をつけるのだ。
婚姻の神ヒュメナイオス[※3]の華燭の灯に導かれよ。

ファーディナンド　心より、
穏やかな日々と子宝と長寿に恵まれ、今のこの愛が
いつまでも続くよう願うからには、いかに暗き洞穴、
人目を避けた恰好の場所があろうと、いかに悪しき霊[※4]が
強く誘惑しようと、わが名誉を情欲に溶かし込み、
祝いの日の歓びを鈍らせる真似は決していたしません。

※1　3拍の短い行。2拍の意味深いポーズが生じる。
※2　新床に新鮮な花を撒く慣習があったことを踏まえている。
※3　Hymen　英語発音はハイメン、ヒュメーン。ギリシャ神話の婚姻の神。花輪を戴き、松明を持った若者の姿で表される。『お気に召すまま』最終場に登場し、『ハムレット』劇中劇に言及あり。
※4　worser genius　人間には善い守護霊と悪い霊（evil spirit, ill angel）がついていると考えられていた。自分の外にある悪霊ではない。『ジュリアス・シーザー』第四幕第二場参照。
※5　Phoebus　太陽神ポイボス（英語発音フィーバス）。アポロ

その日がくれば、沈む太陽神[※5]の車を引く馬の脚が萎えたか、夜は地底に縛られたかと、夜を心待ちにすることでしょう。

プロスペロー　よくぞ言った。
では坐って、娘と語らうがよい。今や君のものだ。
おい、エアリエル！　わが勤勉なる召し使い、エアリエル！

エアリエル登場。

エアリエル　御用ですか。力あるご主人様[※6]。御前に。

プロスペロー　おまえとその手下たちの先ほどの務めは見事なものであった。もう一度、あのような芸当をやってもらいたい。連中を連れてきてくれ、（やつらを動かす力をおまえに授けるから）[※7]この場所へ。急がせろ。と言うのも、今からこの若い二人に、わが魔法で幻の見世物を見せてやりたいのだ。約束したのだ。二人とも楽しみにしている。

エアリエル　今すぐですか？

ーンの別名。馬に引かせた車（すなわち太陽）で天空を移動するとされた。『ロミオとジュリエット』第三幕第二場で早く太陽が沈むのを望むジュリエットの台詞「速く走って、炎の脚持つ馬たちよ……早く来て、夜よ……太陽はなんてのろいのかしら」参照。

※6　my potent master　一九九五年RSC公演でエアリエル役ボニー・エングストロムは皮肉をこめて言った。

※7　ケンブリッジ版は、この括弧は、プロスペローがこの機会にのみエアリエルに力を授けていることを示唆すると解釈し、このあとの仮面劇の演出あるいは考案自体もエアリエルによるものかもしれないと示唆する。

プロスペロー　そう。瞬く間に。

エアリエル　「来い」と言われりゃ、たちまち飛来[※1]〔▽〕
「よし」と言う間も与えぬくらい〔▽〕
すばやくさっと、皆、到来〔▽〕
歪(ゆが)めた顔には薄笑い[※2]〔▽〕
私が愛(いと)しい？　それとも嫌い？[※3]〔▽〕

プロスペロー　愛しく思うぞ、可愛いエアリエル。
私が呼ぶまでは控えていろ。

エアリエル　心得ました。

〔エアリエル〕退場。

プロスペロー　〔ファーディナンドに〕言ったことを守れ。あんまり
いちゃいちゃするんじゃない[※4]。どんなに強い誓いでも、
血が燃え立てば藁(わら)しべだ。もっと慎み深くしろ。さもないと、
おまえの誓いに、お休みを言うことになる。

ファーディナンド　大丈夫です。
純白の冷たい穢(けが)れなき雪がこの心に降り、
わが情欲の熱[※5]を冷ましてくれます。

プロスペロー　よろしい！

※1　弱強四歩格の歌うリズム。後半の三行は頭に裏拍が入っての弱強。五行とも同じ音で終わる五行連句。

※2　mop and mow　前場で精霊たちが「口を歪めて嘲るような渋面を作」っていたのと同じ表情。

※3　Do you love me, master? No?　皮肉をこめて言うこともある。85ページ注4参照。

※4　恋人たちが抱擁していると考える編者が多いが、オックスフォード版は「ただ手をつないだり、話し込んだり、互いの目をうっとり見つめ合ったりしているだけかもしれない」と注記する。

※5　the ardour of my liver　「わが肝臓の熱情」。肝臓で情欲が生まれるとされた。

さあ、来い、エアリエル。いくらでも連れてこい。
足りないよりましだ。さあ、さっと現れ出でよ。

静かな音楽。

口をつぐんで。※6 よおく見ていろ。静かに。

〔虹の女神〕イリース※7登場。

イリース　実りの女神ケレース※8よ、そなたの畑豊かなりて、※9〔▼〕
小麦、ライ麦、大麦、空豆、烏麦、豌豆生りて、〔▼〕
そなたの緑なす丘には、草食む羊が群れなし、〔◎〕
平らかな牧場には、干し草積まれて山をなし、〔◎〕
流れに抉れし堤は、四月の雨で花ざかり、〔○〕
冷たき水のニンフらを飾れと、そなたより言付かり〔○〕
作るは貞節の冠。エニシダの茂みの蔭、〔●〕
捨てられし恋人が好んで偲ぶは女の面影。〔●〕
葡萄園には蔓が巻き付く棚立ち並ぶ。〔□〕
荒涼たる巌堅き海岸をそなたは選ぶ。〔□〕
そこに佇むそなたに、大空の女王※10よりのお達しです。〔■〕

※6　沈黙が魔術に必要とされていた。
※7　Iris　英語発音はアイ（ア）リス。ギリシャ神話の虹の女神。ローマ神話のアルクスに相当。
※8　Ceres　英語発音はシーリーズ。ローマ神話の豊穣の地母神。ギリシャ神話のデーメーテールに相当。
※9　ここから二行連句が続く英雄詩体。韻律は弱強五歩格。
※10　ローマ神話最大の女神ユーノー（Juno）のこと。英語発音はジューノー。女性の結婚生活の守護神。ギリシャ神話のヘーラーに相当。最高神ユーピテル（27ページ注6）の妻。ユーピテルに伝令使メルクリウスがいたように、虹の神イリースを使いとする。

私、虹の神は、そのお言葉を伝えるお使いです。〔■〕
直ちにそれらの場所を立ち去って〔※〕

ユーノーが吊りの仕掛けで降りてくる。※1

この草の上、まさにここへ、女王様と手に手をとって〔※〕
おいでなさい。御車を引く孔雀※2は全速力で天翔ける。〔＊〕
さあ、豊穣の女神ケレース、女王様のお迎えを申しつける。〔＊〕

ケレース登場。

ケレース　万歳、ユーピテルのお妃に〔☆〕
いつも忠実に仕える七色の御使いよ。時に〔☆〕
そのサフラン色※3の翼もて、蜜の露をば滴らせ、〔★〕
さわやかな雨を注いで、わが花々をうれしがらせ、〔★〕
その青き弓※4の端から端を、わが広大な森から〔◇〕
木のない丘まで架け渡し、誇らしい大地に輝く宝、〔◇〕
豊かなスカーフを掛けたもう。そなたの女王が今日〔◆〕
この芝地へ私を呼び出されたのはなぜでしょう。〔◆〕
イリース　まことの愛の絆を祝い、〔△〕

※1　Fにあるト書き。このト書きを2ページ後のユーノー登場の直前（112ページ注1参照）に移動する編纂が十八世紀に行われていたが、アーデン3版とオックスフォード版は、ユーノーがここでゆっくりと降下を開始し、しばらく宙づりの状態にあるとするペンギン版及びジョン・ジュエットの説（論考は*Shakespeare Survey* 36に掲載）を支持する。ユーノーが雲の仕掛けでゆっくりと舞台へ下りてくる趣向はベン・ジョンソンの『ヒュメナイオスの仮面劇』にもあった。巻末参照。
※2　ユーノーの聖鳥。
※3　婚姻の神ヒュメナイオスの色。
※4　虹（rainbow＝雨の弓）のこと。

祝福を受けた恋人らに、心ゆくまで味わい、〔△〕
楽しんでもらうため。

ケレース
　天の弓よ、ご存じなら教えて、どうか〔▲〕
ヴィーナスやその子は今も女王に仕えているのでしょうか。〔▲〕
あの女神とその息子のキューピッドは食わせもの、〔▽〕
二人のせいで冥界(めいかい)の王※5に娘※6をかどわかされてからというもの〔▽〕
ヴィーナスとその目の見えぬ息子※7とは顔を合わせないように※8
しているのです。

イリース
　ヴィーナスのことは心配ご無用。〔▼〕
その聖地パフォス※9に向かって意気揚々、〔▼〕
雲を裂いて去っていくとき会いました。息子を連れて〔◎〕
鳩に車を引かせておりました、思惑外れて。〔◎〕
実は企(たくら)んでいたのです、ここなる若者と乙女にも〔○〕
淫(みだ)らな魔法をかけようと。ですが、婚礼の夜までは仮初(かりそ)めにも〔○〕
枕を交わさぬとの誓いは固く、果たせませんでした。〔●〕
軍神マルスの愛する女は、すごすご帰りました。〔●〕
その血気盛んな息子も自分の矢を折って、〔□〕
弓は打ち捨て、これからは普通の子供となって、〔□〕

※5　Dis　冥界を支配する神プルートー。
※6　ケレースとユーピテルの娘プロセルピナ。春の女神。ギリシャ神話ではペルセポネー。プルートーに誘拐され、その妻となった。母ケレースは連れ戻そうとしたが、地上に戻るのを許されるのは一年の半分とされ、彼女が戻ると春が訪れた。
※7　ヴィーナスと軍神マルスの子、恋の天使クピードー（英語発音キューピッド）。「恋は盲目」ということで目隠しされて描かれることが多い。ギリシャ神話のエロースに相当。
※8　この行のみ無韻。
※9　キプロス島にある町。ギリシャ神話の愛の女神アプロディーテーの生誕の地。

雀相手に遊ぶとのこと。

ケレース　気高き女王陛下のお成りです。〔■〕
偉大なユーノー様よ。威風堂々たるお姿でわかるのです。※1〔■〕

ユーノー　実りの妹よ、御機嫌よう。この二人を迎え、〔※〕
一緒に祝福しましょう。夫婦が弥(いや)栄え、〔※〕
子宝に恵まれますように。※2

二人は歌う。

ユーノー　名誉に富に夫婦(めおと)の契り※3〔＊〕
弥増(いやま)し栄えよ、命の限り〔＊〕
常に二人に歓(よろこ)びあれかし〔☆〕
ユーノーの寿歌(ほぎうた)、聞けよかし〔☆〕

ケレース　大地は肥えて豊かに実り〔★〕
蔵(くら)の蓄(たくわ)え尽きぬを祈り〔★〕
葡萄たわわに房(ふさ)垂らし〔◇〕
果樹は重たく実を揺らし〔◇〕
春よ疾(と)く来よ※4、ここにこそ〔◆〕
刈り入れ過ぎて、冬な来(こ)そ※5〔◆〕

※1　I know her by her gait. ケンブリッジ版は、gait は歩みを示唆するので、ここでユーノーは仕掛けから降りて舞台に立つと書きを加える。　オックスフォード版は、ユーノーの仕掛けが降りきり、ケレースもそれに乗り込むと、仕掛けは再度上昇し、二人は宙に浮かんで歌うとしている。
※2　この行は無韻で、三拍半。歌の導入部。
※3　ここから強弱四歩格の歌うリズム。
※4　Spring　春。「初子」（御子）の婉曲表現であるとする旧ケンブリッジ版の独特な解釈は現在では顧みられることはない。
※5　刈り入れの秋の後、冬にならずに春よ来いという意味。

ひもじさ貧しさ、来たらぬよう〔△〕
　ケレースの祝福、授けよう〔△〕

ファーディナンド　何と荘厳な幻だろう。[※6]ひょっとして
それにうっとりさせられる音楽だ。ひょっとして
この人たちは精霊なのですか。

プロスペロー　精霊だ。わが魔術によって
その棲(す)み処(か)から呼び出され、私が心に描く
想いを演じてくれている。

ファーディナンド　ずっとここで暮らしたい。
こんな奇跡を行う父親と賢い娘[※7]がいるのだもの、〔▲〕
ここはまさに天国そのもの。〔▲〕

　ユーノーとケレースが囁(ささや)き合い、イリースを使いに出す。

プロスペロー　さあ、お静かに。
ユーノーとケレースが真剣に囁き合っている。
まだ何かあるのだ。しっ。黙って。
でないと、魔法が解けてしまう。

イリース　うねる小川に棲(す)むナーイアス[※8]の名持つニンフら[※9]よ〔▽〕

※6　ここから弱強五歩格の無韻詩に戻る。

※7　a wondered father and a wise　エリザベス朝のsとfは酷似していたため、最後のwiseをwifeの誤記とする説や、wiseのままとし、父親を形容すると解釈する説がある。しかし、不定冠詞があるため、父親とは別のもう一人の人物を指す形容詞の名詞用法と解釈すべきか。次行のparadiseとライムするとするストーントンの説（一八五九）も傾聴に値する（『恋の骨折り損』第四幕第三場にも同じライムあり）。

※8　naiads　ギリシャ神話の水の精霊。英語発音はナイアッド。ニンフについては34ページ注1参照。

※9　英雄詩体開始。

菅の冠戴いて、無邪気な顔した水の精らよ〔▽〕
漣たつ小川からこの草原へ、おいでなさい。〔▼〕
ユーノーのお召しに応えなさい。〔▼〕
さあさ、貞淑なニンフらよ、出ておいで。〔◎〕
まことの愛の契りをともに祝おう。遅れないで。〔◎〕

何人かのニンフたち登場。

八月の日に焼かれ、刈り入れ終えた男らよ、その手を休め、〔○〕
畝を離れて陽気におやり。ここに並ぶは若い娘。〔○〕
今日はお休みにして、おかぶりよ、麦わら帽子。〔●〕
それぞれニンフの手を取って、刻めよ、拍子。〔●〕
踊れよ、カントリーダンスを。※1

刈り入れの男たちが（ふさわしい恰好をして）登場。ニンフらと手を取り、優雅に踊りを踊る。その終わり近くでプロスペローが不意にハッとして言う。※2

プロスペロー　忘れていた。※3 あの獣キャリバンとその一味が、この命を狙って忌まわしい陰謀を企んでいるのだった。

※1　押韻のない短い行。音楽の導入部。
※2　Fではここに「そのあと、奇妙な空虚で混乱した音がして、精霊たちは重苦しい様子で退場する」とあるが、当時の台本によくある「前倒しのト書き」（39ページ注8、97ページ注2参照）であり、オックスフォード全集版やケンブリッジ版と同様に、あとに移動した。
※3　夢（劇）から現実に立ち返る重要な瞬間であるとオックスフォード版は指摘する。秋の収穫のあとすぐ春がきてほしいと願う余興が排除するのは、冬に象徴される現実の厳しさ。劇に現実の影を差し込ませ、人生の儚さを強調するのが、シェイクスピアの手法。

やつらの悪だくみの時刻が迫っている。
〔精霊たちに〕よくやった。立ち去れ。もうよい。

奇妙な空虚で混乱した音がして、精霊たちは重苦しい様子で退場する。

ファーディナンド　どうしたことだ。お父上が急に腹を立て、
妙に取り乱している。

ミランダ　　　　　　今日この日まで、父が怒るのを
見たことなんてないわ。あんなにいらいらして。

プロスペロー　どうした（息子よ）驚いたか。
心乱れた様子だな。大丈夫だ。※4
余興はもうおしまいだ。今の役者たちは、
さっきも言ったように、皆精霊で、
空気の中に、淡い空気の中に溶けていった。
そして今の幻が礎（いしずえ）のない儚（はかな）い作り物であったように、
雲を衝（つ）く塔も、豪奢（ごうしゃ）な宮殿も
厳かな寺院も、巨大な地球そのものも、
そう、この大地にあるものはすべて、消え去るのだ。
そして、今の実体なき見世物が消えてしまったように、

※4　プロスペローが取り乱した自分を棚に上げてこう言うことについて、ケンブリッジ版は、豪華に繰り広げられていた仮面劇が突然中断されたことに観客も驚くことになるので、この台詞は観客にも向けられていると説明する。オックスフォード版は、第一幕第二場で突然プロスペローの怒りによって苦役を強いられたファーディナンドに対して、再び怒りを見せてしまったことを心配要らないと慰めていると説明する。
　しかし、プロスペローには、自分の動揺や至らぬ点を他者のものとすることで、自分の権威を保とうとする傾向があると言えるかもしれない。31ページ注5参照。

あとには雲一つ残らない。我々は夢を織りなす糸で
できている。そのささやかな人生は、眠りによって
締めくくられる。いや、気持ちが乱れてしまった。
わが弱さを許してくれ。年老いた頭は乱れがちでな。
この身の弱さを気遣(づか)う必要はない。
よかったら、わが岩屋へ下がって、
そこで休んでいてくれ。私は少し散歩をして
乱れたこの心を静めることにしよう。

ファーディナンドとミランダ　どうぞお大事に。

二人退場。

プロスペロー　思いと共に来たれ。

エアリエル登場※1。

ありがたい、エアリエル。来い。

エアリエル　あなたの思いに従います。ご用は？

プロスペロー　精霊よ。
キャリバンを迎え撃つ準備をせねばならぬ。

エアリエル　了解、司令官。ケレースをご覧に入れていたとき、

※1　このト書きはFでは「ありがたい、エアリエル。来い」（I thank thee Ariel: come.）の後にある。「来い」と言われるまでエアリエルは登場しないと考え、I thank theeをミランダらの「どうぞお大事に」への返答とする説もあるが、それならthank yeのはず。ミランダらはすでに退場し、場面は切り替わって、プロスペローは「思いと共に来たれ」からエアリエルに呼びかけるのが自然とする大場建治説を採る。「来い」は、姿を見せたエアリエルに対して「近くへ来い」という意味だろう。
ケンブリッジ版が「theeは複数の人への呼びかけに使うこともある」と注記したの

そのことを言おうかと思ったのですが、
お怒りになるかと思って。

プロスペロー　もう一度教えてくれ。連中をどこに置いてきた？

エアリエル　申し上げたように、酔っ払って気炎を吐いてます。
気が大きくなって、顔に息を吹きかけやがったと、
空気に斬りかかり、足にキスをしたと言って
地面を殴る始末です。ですが、いつも例の計画を
実行しようとしています。私が小太鼓を叩いてやりますと、
人を乗せたことのない子馬のように、耳をそばだて
眼を開き、音楽の匂いを嗅ごうとするかのように
鼻を持ち上げました。そこで耳に呪いをかけてやると、
母牛を追う子牛のように、私の出す音についてくるので、
茨の中や、棘や毬や針がチクチクするところを歩かせ、
脛を傷だらけにしてやりました。最後はあなたの岩屋の
向こうにある汚い水たまりに置きざりにしてきました。
そこに顎まで浸かってもがくので、穢れた沼はやつらの足より
ひどい臭いを放っています。

プロスペロー　　よくやった。わが小鳥。

は集注版の議論（pp. 219–20）に基づくと思われるが、問題となるのは次の三例。ハムレットが旅役者たちに「元気でなによりだ」(I am glad to see thee well) と呼びかけるのは、役者の一人と握手をしながら言うと思われるし、『コリオレイナス』第一幕第一場のケーアス・マーシャスの第一声も目の前の市民一に対して thee を用いていると考えられる。『ヘンリー四世』第二部第二幕第三場一行目 'I pray thee, gentle wife, and gentle daughter' については、ダイスが前言を撤回して、娘に呼びかける前の thee が省略されていると再解釈している。thee は複数への呼びかけに使うものではない。

まだ見えない姿のままでいてくれ。私の家にある
安物のけばけばしい服をここへ持ってきてくれ。
あの泥棒どもを捕まえる罠(わな)にしよう。

エアリエル　はいはい行きます。

エアリエル退場。

プロスペロー　悪魔だ。生まれながらの悪魔だ。あの性格は、
どう教えても直しようがない。やつのためにいろいろと
骨を折ってやったのに、すべて、全くむだだった。
そして年を取るにつれ、やつの体はますます醜くなり、
その心も腐りはてた。やつら全員を苦しめてやろう。
吼(ほ)え叫ぶまで。

ギラギラ光る衣装などをたくさん抱えたエアリエル登場。※1

さあ、このシナノキ※2にかけろ。※3

キャリバン、ステファノー、トリンキュローがずぶ濡(ぬ)れで登場。

キャリバン　どうかそっと歩いて。目の見えないモグラにも
足音を聞かせないように。やつの岩屋はすぐそこなんです。※4

※1　Fではこのト書きは「さあ、このシナノキにかけろ」の後にあるが、このように台詞のあいだに置くのが伝統。114ページ注2、116ページ注1参照。

※2　line　「このあと line grove（シナノキの森）への言及（第五幕第一場十行）があるため、lime, linden tree とも呼ばれる植物とわかる」とアーデン3版は注記する。リンデンはシナノキ属の総称で、英国では lime とも呼ばれるが、柑橘系のライムとは無関係。近種である菩提樹と訳されることもあるが、ここではセイヨウシナノキを指すと思われる。物干し用ロープと解釈して上演されることもあるのは御愛嬌。

ステファノー　化け物、おまえの言う妖精は、[※5]悪さをしない妖精だと言うが、ずいぶんひどい目に遭わせてくれたじゃないか。
トリンキュロー　やい化け物、どこもかしこも馬の小便臭くなっちまったじゃねえか。鼻がひんまがりそうだぜ。
ステファノー　俺もだ。おい、いいか、化け物！　俺様のご機嫌を損ねたりしたら大変だぞ！
トリンキュロー　そうなったら、おまえ、死んじまった化け物になるぞ。
キャリバン　ご主人様、どうかご寵愛をお続けください。今しばらくのご辛抱を。これから手に入れる獲物でこんな災難なんか帳消しになる。だから、声をひそめて、真夜中みたいに静かに頼みますよ。
トリンキュロー　だけど、酒袋をぜんぶ水たまりに落としちまいやがって――
ステファノー　単なる失敗とか不名誉じゃすまされないぞ、化け物、ありゃ計り知れない損失だ。
トリンキュロー　ずぶ濡れだけなら、まだましだった。これが、おまえの言う、悪さをしない妖精なのか、化け物？

※3　「プロスペローとエアリエルは見えない姿で舞台にとどまる」とFにないト書きを加える現代版もあるが、オックスフォード全集版は、ここで二人は退場し、犬をけしかける際に再登場するとする。
※4　キャリバンだけが韻文を話し、真剣に暗殺を考えている。
※5　「妖精」(fairy)という語は本作ではこのページにしか出てこない。ステファノーらが、精霊たち(spirits)のことを『夏の夜の夢』の妖精パックと同じ、あるいは『ウィンザーの陽気な女房たち』で恐れられるような民間伝承のいたずら好きのゴブリンの類として捉えていることがわかる。30ページ注2、36ページ注2参照。

ステファノー　俺、酒袋を取り返してくるよ。たとえ、耳まで水に浸かったとしても。

キャリバン　どうか（王様）お静かに。ご覧ください。
ここが岩屋の入り口です。音を立てずにお入りください。
どうぞ立派な悪さをなさって、この島を永遠に
陛下のものとなさって、私め、陛下のキャリバンを
いつまでも陛下の足をなめる者としてお抱えください。

ステファノー　よし、握手だ。血腥（ちなまぐさ）い思いがしてきたぞ。

トリンキュロー　〔服を見つけて〕おおっと、キング・ステファノー！[※1]　おお、王様！　ど偉いステファノー！　見ろよ、王様のためのすげえ衣装がそろってるじゃねえか！

キャリバン　そんなの、ほっとけ。ばか。そんなのボロ服だよ。

トリンキュロー　ざけんな、化け物。俺たちゃ古着にかけちゃ、くわしいんだ。おお、キング・ステファノー！

〔トリンキュローは豪華なガウンを着る。〕

ステファノー　そのガウンを脱げ（トリンキュロー）。この手にかけて、そのガウンは俺がもらう。

※1　『オセロー』第二幕第三場で歌われるバラッド唄「スティーヴン王は偉いぞ」(King Stepen was a worthy peer) への言及。スティーヴンはイタリア語でステファノー。この唄はスティーヴン王の衣装について歌い、「おまえは古着で十分」と歌う。
　当時、貴族が身に着ける衣服は極めて高価であり、庶民には手が届かず、身分に応じて細かな服飾規定があった。つまり、着ている物で身分がわかった。『ハムレット』第一幕第三場「着ている物で、人間はわかるものだ」参照。キャリバンはそうした社会体制の価値観の外にいる。

※2　66ページでアントーニオがミラノ公爵

トリンキュロー　陛下に進呈しましょう。

〔ステファノーは豪華なガウンを受け取って着始める。※2〕

キャリバン　このばか、水ぶくれになっちまえ！　なんだって、こんなもんに夢中になるんですか。そんなのほっといて、先に殺しをやりましょう。あいつが目を覚ましちまったら、あいつはおいらたちの頭から爪先(つまさき)までつねりまくって、おいらたち、とんでもない姿になっちまうよ。

ステファノー　静かにしろ（化け物）。これはシナノキの奥方様、その毛皮は俺の上着じゃありませんか？　こんな木に生る品でも〔服を取って〕こうすりゃ、もう気にならない。お、こりゃいい服だが、こいつを着ても悪い病気を移さないでくださいよと、いい服に言い含めないとね。毛がごっそり抜け落ちてつんつるてんになるのもやだけど、羽織ったら、歯、折ったなんてのもごめんだ。※3

トリンキュロー　うまい、うまい。俺たちは、木にかかるものをきれいさっぱりなくしちまって何も気にかけない盗人ですからね、陛下。

ステファノー　その洒落(しゃれ)の褒美にこの服をやろう。俺がこの国の王

としての自分の衣装に言及したように、ここでも偽の王が衣装を身に着けて「キング・ステファノー」になろうとする。最終場でプロスペローが「おまえが、この島の王となろうとした男か」と問う以上、「キング・ステファノー」のいでたちがお粗末であろうと、ここで偽の王が衣装を身にまとう意義は大きい。

※3　under the line（赤道直下）という表現を使った駄洒落。解釈には諸説あるが、「上着よ、line の下に来たからは、おまえは毛を失い、つるっぱげの上着となるぞ」とあるので、性病で頭髪が抜けることと、毛のない革の上着とに絡めた駄洒落であることだけは確か。

であるあいだは、必ず褒美をとらそう。「木にかかるものを盗(と)って気にかけない」とは、よく言った。もう一着やろう。

トリンキュロー 化け物、おまえの指に鳥もちをくっつけて、ほかの服も取り外せ。

キャリバン 嫌だね。こんなことしてる場合じゃない。おいらたちみんな、カオジロガン[※1]か、額の狭い悪党面の猿にされちまうぞ。

ステファノー 化け物。手を働かせろ。こいつを酒樽(さかだる)の置いてあるところまで運ぶんだ。さもないと、俺の王国から叩き出すぞ。さあ、運べ。

トリンキュロー これもだ。

ステファノー そう、これもだ。

狩猟の音が聞こえる。猛犬や猟犬の姿をしたさまざまな精霊たちが登場し、三人を追い回す。プロスペローとエアリエルがけしかける。

プロスペロー かかれ、マウンテン、かかれ！

エアリエル 行け、シルヴァー！[※2]

プロスペロー フューリー！ そうだ、タイラント、そこだ、行け！[※3]

※1 barnacles カオジロガン（barnacle goose）という雁は、エボシガイ（barnacle）から生まれるという迷信があった。伝説上のエボシガイの木からカオジロガンが生まれるとも言われた。転生ということでイメージされている。

※2 ケンブリッジ版やオックスフォード全集版と同様、シェアード・ラインと解釈する。

※3 **Fury, Fury!** There, **Tyrant, there!** Hark, **hark!** 五歩格のリズムを刻んでおり、五拍で読めるように訳した。犬役の役者は最低四人必要だが、ケンブリッジ版は、先ほどの余興のニンフ役の少年俳優や刈り入れの男たち役の役者らが演じるのだろうと推測する。

〔キャリバンとステファノーとトリンキュローは犬に追われて退場。[※4]〕

さあ、わがゴブリン[※5]たちに、やつらの手足に嚙(か)みつかせろ。
節々(ふしぶし)をひきつらせ、痙攣(けいれん)させろ。老いぼれの
腰曲がりにしてやれ。つねってあざだらけにし、
豹(ひょう)か山猫のように斑(まだら)にしてやれ。

エアリエル　あんなに叫んでます！

プロスペロー　しっかり追い立てろ。ついに今、
わが敵は、すべてわが手中に落ちた。
やがてわが仕事も終わりを迎える。そうすれば
おまえも自由の身だ。今しばらく、
付き合ってくれ。

二人退場。[※6]

※4　Fにないト書き。
※5　ゴブリンは、民間伝承において悪さをする精霊を指す通称。36ページ注2参照。
※6　ここで退場した二人が、次の場で再び登場するという展開はこれまでのシェイクスピア作品には珍しく、ジョン・ドーヴァー・ウィルソンはカットがあるのではないかと考えたが、W・W・グレッグは幕場割がきちんとなされている証だとする（*Shakespeare's First Folio*, p. 418）。室内劇場のブラックフライヤーズ劇場での上演ではここで室内楽の演奏を入れたかもしれず、グローブ座では退場したプロスペローがローブをつけてすぐに登場したのだろうとアーデン3版は記す。

第五幕　第一場

（魔法のローブをまとった）[※1] プロスペローがエアリエルと共に登場。

プロスペロー　いよいよわが計画の大詰めだ[※2]。
わが魔術に破綻（はたん）なく、精霊たちは私に従い、
時も背筋を伸ばして、軽くなった荷を運ぶ。今、何時だ。

エアリエル　もうすぐ六時です。六時になれば、
仕事は終わるとおっしゃいましたね[※3]。

プロスペロー　そう言った、
最初にテンペスト[※4]を起こしたときに。それで、
王とその供回りは今どうしている？

エアリエル　ご命令どおり
あなたが術をかけたあの状態のまま、一つところに
閉じ込めてあります。皆、この岩屋を
風雨から守ってくれるあのシナノキの森の中で、

※1　ケンブリッジ版は、この括弧は筆耕が付け加えたのかもしれないと記す。第四幕で魔法のローブをまとっていなかったとすれば、精霊たちの活躍を指揮したのはすべてエアリエルということかもしれない。107ページ注7参照。一方、これから輪を描く呪文を唱えるために魔法のローブが必要なのだろう。

※2　Now does my project gather to a head. 錬金術用語で蒸留実験が沸点に達すること。成功か失敗かの瀬戸際という意味。

※3　30ページ参照。

※4　tempest　嵐（storm）より激しい大嵐。本作でこの語は三度のみ使われる。最初は27ページ。最後は134ページ。

あなたが魔法を解くまでは動くこともできません。
王とその弟、そしてあなたの弟は三人とも錯乱し、
残りの者たちはそれを嘆き、悲しみと苦悩に
満ち溢れています。しかし、とりわけ、あなたが
「善良なゴンザーロー卿」とお呼びだった方の
涙が鬚をしたたる様は、まるで茅葺屋根から
冬の雨が雫を垂らすかのようです。あなたの魔法が
あまりにも強く効いてしまい、ご覧になったら
憐れとお思いになるでしょう。

プロスペロー　そう思うのか。

エアリエル　はい、私が人間でしたら。

プロスペロー　私もそう思わねば
ならぬ。[※5] おまえが（空気にすぎぬおまえが）
やつらの苦しみに感じ、哀れを催すというのに、
やつらと同じ人間であり、同じように痛みを感じる
心を持つ私がおまえより情に打たれぬことがあろうか。
やつらのひどい仕打ちで、息の根を止められる思いを
したものの、より気高い理性を働かせ、怒りを

※5　And mine shall. この shall は話者の強い意志を示す。アーデン3版は must（OED B3b）と同義と注記している。エアリエルの反応を見て、ここでプロスペローは強く決意するのであり「恐らく私もそう思うだろう」と推測するのではない。
　ケンブリッジ版は「プロスペローが敵を赦そうという意思を表明するのは、この劇の重要なターニングポイントとなるはずだが、それがこのようにハーフラインで、まるでエアリエルの台詞を補完するようにあっさりと表現されているのは特筆すべきことである。これはプロスペローがずっと赦すつもりでいたことを示すのかもしれない」と記している。

静めることにしよう。復讐(ふくしゅう)ではなく徳を施すのが、
難しいが優れた行為だ。やつらが後悔している今、
わが計画の目的は果たせた。もうこれ以上
顔をしかめる必要はない。よし、自由にしてやれ、
エアリエル。わが魔法を解き、もとの感覚に戻し、
自分を取り戻させてやろう。

エアリエル　連れて参ります。　〔エアリエル〕退場。

プロスペロー　〔魔法の輪を地面に描きながら〕
丘や小川、澄んだ湖や森に棲(す)むエルフらよ、※1
そしておまえたち、ネプチューンの引く波を
砂に足跡もつけず追いかけて、寄せて返せば
逃げ戯(たわむ)れるニンフらよ。※2 それから小さな妖精(ようせい)よ、
月明かりの下、羊も食べぬ草の輪を※3
描(えが)いて遊ぶ者たちよ。それからおまえたち、
夜中に茸(きのこ)作りを楽しんで、厳かな夜の鐘を※4
聞いて喜ぶ者たちよ、私はおまえたちの力を借りて
（おまえたち自身の力は弱くとも）真昼の太陽をも

※1　この呪文は、オウィディウス『変身物語』A・ゴールディング訳第七巻一九七～二〇九行のメディアの呪文に基づく。特に一行目は原文にないエルフへの言及を加えたゴールディングの英語表現をそのまま用いている。「おまえたち」を繰り返して様々な存在に呼びかけるのはシェイクスピアの独創。エルフはゲルマン神話に起源をもつ伝説上の種族。『夏の夜の夢』では妖精と同類とされている。

※2　ここにニンフへの言及はないが、詩「ヴィーナスとアドーニス」一四七～八行目「あるいは妖精のように緑の草の上で踊り、あるいはニンフのように、長い髪を垂らして、足跡をつけずに砂の上

翳らせ、吹きすさぶ暴風を呼び、
大海原と蒼穹のあいだに怒濤の争いを
惹き起こした。恐ろし気に轟く雷鳴に
火を与え、ゼウスの堅いオークの木をも
雷神自らの雷以て引き裂いた。海に突き出た
強靭な絶壁をも揺るがし、松や杉も
根こそぎにした。私が命じれば、墓という墓が
眠れる者を目覚めさせ、口を開けて外へ吐き出した。※5
わが強力な術の力だ。だが、この荒い魔法※6も
ここでおしまいとしよう。そして天上の音楽を
奏でさせよう（それも今すぐそうしよう）。

　厳かな音楽。※7

この宙を漂う魔法を聞かせて、その感覚をもとに戻させ、
企みが成就した暁には、わが魔法の杖を折ろう。
地の底深くに埋めてしまおう。そして、
測量の錘も届かぬ海底深くに
わが書物も沈めよう。

で踊る」参照。
※3　毒キノコ（toad-stool）の胞子が原因で草地に輪が生じ、草が苦くなる菌輪（フェアリー・リング）。妖精が踊った跡とされ、『夏の夜の夢』第二幕第一場にも言及がある。
※4　夜九時の鐘。この鐘が鳴ると朝まで精霊たちの時間とされた。
※5　メディアの呪文の引き写し。
※6　rough magic「乱暴な」と「粗い」の両方を意味するroughという語に自己批判がこめられているとされる。
※7　Fでは「わが書物も沈めよう」の行の余白にあるト書き。「この宙を漂う魔法」(This airy charm) と言及される以上、この位置にあるべきか。

エアリエルを先頭に、錯乱状態のアロンゾーがゴンザーローに付き添われて登場。セバスチャンとアントーニオも同様に錯乱状態で、エイドリアンとフランシスコに付き添われている。全員、プロスペローが描いた輪の中に入り、そこで魔法にかかって立ちすくむ。※1 その様子を見ながらプロスペローが語る。

プロスペロー　〔アロンゾーに〕乱れた心を慰めてくれる
荘厳な音楽を聴いて、その脳を癒すがよい。（今は役に立たず）
その頭蓋の中で煮え立っているが。〔一同に〕そこで止まれ。

〔輪の中にいる全員がフリーズする。〕

お前たちは術にかかって動けない。※2
徳高いゴンザーロー卿よ、立派な人物よ、
この目は、涙を流すそなたの目に感じて、
同情の雫をこぼしてしまう。魔法がどんどん解けていく。
朝がひそやかに夜に迫っていくようだ。
（暗闇が溶けていく。）彼らの感覚が甦り、
明晰な理性を覆い隠し無知の闇にとどめおいた

※1　これから起こることを記述する「前倒しのト書き」であることに注意。39ページ注8、114ページ注2ほか参照。それぞれ輪に足を踏み入れた途端に輪の端で順々にフリーズするのではなく、全員が輪の中に入り切ってから術にかけられて一斉に止まる。「その様子を見ながらプロスペローが語る」とは「そこで止まれ」(There stand) 以降への言及。ちなみに『ハムレット』冒頭の歩哨が叫ぶ「動くな」もstand である。

※2　For you are spell-stopped.　ほかは全て弱強五歩格の五拍のリズムを刻んでいるのにここだけ三拍の短い行。あとに二拍の間がある。プロスペロー

霧が払われていく。ああ、善良なゴンザーロー、
わが真の命の恩人。そしておまえの主人には
忠実の士。おまえの恩義にはきちんと報いよう、
言葉でも行為でも。残虐非道にも、※3 おまえは
アロンゾー、私と私の娘とをひどい目に遭わせた。
おまえの弟が唆したのだ。その報いを今
受けるがよい、セバスチャン！〔アントーニオに〕血を分けた兄弟、
わが実の弟である貴様は、野心を抱き、
良心の呵責も人情もかなぐり捨て、セバスチャンとともに
（それゆえこの男の良心は最も苦しむことになる）
王を殺そうと企てた。そんなおまえを赦そう。
人の道に悖るおまえではあるが。だんだんと
気がついてきたな。ひたひたと満ちてくる潮が
今は穢れてぬかるんでいる理性の岸に
溢れてきそうだ。今はまだ誰一人、私が
見えていない。見えても私が誰かわかるまい。エアリエル、
岩屋にある帽子とレイピア※4を持ってきてくれ。

〔エアリエル退場。〕

はここで全員が動けなくなったことを確認しながらゴンザーローに近づくのであろう。
※3　Most cruelly　「アロンゾー」と呼びかける前に「残虐非道にも」という言葉が発せられる。呼びかけなしに語りかけの対象が切り替わったことが明確になる演技が必要となる。このあとも行の途中で語りかけの対象が次々に切り替わっており、行の途中で間をあけずに素早く注意の方向を切り替えることになり、かなりテンポが速い台詞廻しである。
※4　細身の剣。帽子と剣とマントとが当時の貴族の定番の衣装。レイピアは突き専用の細身の剣だが、重い。現代のフェンシング用のしなる剣とはちがう。

この服を脱ぎ、かつてのミラノ公爵の姿で
お目見えしよう。急げ、精霊、
もうすぐ自由にしてやるぞ。

エアリエルは〔戻ってきて〕歌いながら着替えを手伝う。

エアリエル　蜂と一緒に蜜(みつ)吸おう[※1]〔□〕
カウスリップ[※2]の花に寝よう〔□〕
フクロウの歌で　眠りましょう〔□〕
コウモリに乗って　空　飛翔(ひしょう)〔□〕
夏を　楽しく　追いかけよう〔□〕
陽気に　陽気に　生きたい〔■〕
花に　囲まれ　暮らしたい〔■〕

プロスペロー　よし、でかした、エアリエル！　おまえがいないと
寂しくなるな。だが、自由にしてやる。よし、よし、よし。[※3]
その見えない姿のまま、王の船のところへ行け。
船の中に船乗りたちが眠っているはずだ。
船長と水夫長を起こして、
この場所へ来るように仕向けろ。

※1　強弱四歩格で五行、強弱弱四歩格で二行の歌。当時の楽譜が残る。巻末参照。
※2　cowslip　和名は黄花九輪桜（キバナノクリンザクラ）。野生の桜草の仲間。鐘型の黄色い小さい花が上を向いて咲くので、その中に入るイメージ。ここでエアリエルは実体を持たない精霊ではなく、小さな体を持つ妖精であるかのように歌っている。
※3　So, so, so.　アーデン3版は「プロスペローは帽子とレイピアを身に着け、もう一つ衣装を何か整えて、用意ができたことを示す」と注記する。ケンブリッジ版は「公爵としての衣装を整える」と注記する。
※4　三拍半の短い行。

今すぐにだ。頼んだぞ。※4

エアリエル　目の前の空気を呑(の)み込んで
あなたの脈が二つと打たぬ間に戻ってきます。

〔エアリエル〕退場。

ゴンザーロー　艱難辛苦(かんなんしんく)、驚天動地の場所だ、
ここは。いずれかの天の力が、この恐ろしい国から
我らをお救いくださいますよう。※5

プロスペロー　　　　　　　　見るがよい、ナポリ王。
不当な仕打ちを受けたミラノ公爵プロスペローだ！
生きている公爵が今こうして話しかけているのだ。
それをわかってもらうためにも、その体を抱擁しよう。※6
そして、陛下とその一行に心からの
歓迎の意を表そう。※7

アロンゾー　　　　そなたが本人かどうなのか、
あるいは何かの魔法が私の目をたぶらかしているのか、
（そういう目に遭(あ)ったばかりだから）判断がつかぬ。
この体は生きている人間のように脈打っている。
そなたの姿を目にして、わが心の苦しみは和らいだ。

※5　突然金縛りの術が解けて皆が動き出し、ゴンザーローが独り言のようにこの台詞を言うのであろう。
※6　オックスフォード版はここに「アロンゾーを抱擁する」とト書きを加えるが、次の注を参照のこと。
※7　ケンブリッジ版はここに「アロンゾーを抱擁する」とト書きを加える。ハーフラインなので、かりにここで抱擁されたとしても間はあけない。アロンゾーは自分の目を疑う台詞を言っているので、ここでプロスペローが彼に近づいていく演出も可能。アロンゾーが「この体（＝プロスペローの体）は生きている人間のように脈打っている」と言うときは抱擁されている最中か。

その苦しみのせいで狂おしい思いに取り憑かれていたのだ。
これには（これが本当に起こっていることなら）実に不思議な
いきさつがあるにちがいない。ミラノ公国はお返ししよう。
どうか、わが罪を赦してほしい。だが、なぜ
プロスペローが生きて、ここにいるのだ？

プロスペロー　〔ゴンザーローに〕まずは、気高い友よ、
年配のあなたを抱かせてくれ。その名誉は計り知れず、
尽きることがない。

ゴンザーロー　これが現実なのかどうか
私にはわからない。

プロスペロー　この島で味わった
不思議の後味がまだ消えず、いまだに物事が
信じられないのでしょう。ようこそ、皆さん、
〔セバスチャンとアントーニオに〕※1
だが君たち両名は、私がその気になれば、
陛下のご不興を君たちに向け、謀叛人であると
証明することもできるぞ！　今は何も
言わないでおくが。

※1　このあとの四行はアロンゾーに聞こえないように言うのだろうとして「セバスチャンとアントーニオに傍白」とする現代版が多い。しかし、大場建治（研究社）が指摘するとおり、傍白である必要はない。
※2　この台詞も「傍白」とする現代版があるが、プロスペローはこの台詞にNOを突きつけるので、傍白ではありえない。ケンブリッジ版が指摘するとおり、これを傍白とすると「このノーは、セバスチャンの受け捉え方を軽蔑とともに否定するのではなく、『今は何も言わない』という思いを念押しする言葉（オーゲル説）と解釈せざるを得なくなる」。
※3　No.

セバスチャン　こいつの中の悪魔が話している。[※2]
プロスペロー　ちがう。[※3]
貴様は（最も邪悪なやつめ）弟と呼ぶのも
口が汚れるが、その極悪非道の罪を
赦してやる。何もかも。ただし
わが公国は返してもらおう。それだけはおまえも
承知のはずだ。
アロンゾー　そなたがプロスペローであるのなら、[※4]
どうして生きていたのか聞かせてくれ。
なぜここで我らと出会うことになったのか。我らは
つい三時間前にこの島に流れ着き、そのとき
（思い出すだにつらくなるが！）大切な息子
ファーディナンドを失ったのだ。
プロスペロー　お気の毒に。[※5]
アロンゾー　取り返しがつかぬ損失だ。癒す力は
忍耐の女神[※6]にもない。
プロスペロー　まだ女神の助けを
求めておられないのでは？　私も

※4　If thou be'st Prospero,　アロンゾーはまだ目の前にいるのがプロスペローだと信じられない。彼を死に負いやったと思ってずっと良心の呵責に責められていた善良なナポリ公爵という設定。

※5　I am woe for't, sir.=I am sorry for it, sir.　二拍半の短く、そっけない言い方。ファーディナンドの無事を知るプロスペローがとりあえずアロンゾーに話を合わせていることは観客にもわかる。

※6　patience　『トロイラスとクレシダ』第一幕第一場に言及があるとおり「忍耐の女神」、ないしは『十二夜』第二幕第四場にあるとおり、女性の姿で擬人化された「忍耐の像」が示す忍耐の権化。

同じように子を失いましたが、忍耐の力を得て
心安らかにおります。

アロンゾー　あなたも子を失った？

プロスペロー　同じ時に同じように大切な子を。
それに耐えるのは容易ではない。この痛みを慰めようにも
私にはあなたのように手段がありません。
実は娘を亡くしたのです。[※1]

アロンゾー　お嬢さんを？
ああ神よ、その二人が今ナポリに生きていて
王と王妃となってくれたら！　それが叶うなら、
私は息子が横たわる海の底で泥にまみれても
かまわない。いつお嬢さんを亡くされた？

プロスペロー　このたびのテンペストで——どうやら
こちらの諸卿は私と出会ってあまりに驚いて、理性を
呑み込んでしまい、目にしていることが
本当ではないと考え、また私が話している言葉[※2]も
生きた人間の言葉とわからぬようだ。だが、如何に
あなたがたの五感が狂っていようと、

※1　ケンブリッジ版の言うとおり、「あなたのように手段がない」という部分を挿入として解釈しないと、「息子を失ったあなたはまだ慰めようがあるだろうが、私は娘を失ったからもっとつらい」と読めて、不自然になる。財力もあり家臣も多い王には慰めの手段があるという意味だろう。

※2　Fには「their wordsとあるが、原稿にtheisとあったのを植字工が読みちがえたのだろうとしてthese wordsと読むオックスフォード全集版やケンブリッジ版の校訂に従う。Fのままだと「自分たちの言っている言葉が自然の息から出ているものかわからない」となるが、貴族たちは黙っているため。

私はまぎれもなくプロスペロー、ミラノから
追い出されたあの公爵その人なのだ。奇(く)しくも
（皆さんが遭難なさった）まさにこの岸辺に漂着して
この島の支配者となった。だが、この話はここまでにしましょう。
なにしろ日々を重ねて紡いできた長い物語、※3
朝食時に語れるものでもなければ、こうして
再会したばかりの今、語るべきものでもない。※4 ようこそ、
ナポリ王、この岩屋がわが宮廷。付き人は僅(わず)か、
家臣はおりません。どうぞ、中をご覧ください。
私にミラノ公国をお返しくださったお礼に
同じぐらい立派なものを差し上げましょう。
少なくとも、大いにお喜びいただける驚き※5のはず。
わが公国を取り戻せた私の喜びと同様に。

ここでプロスペローは〔岩屋の帳(とばり)を開き※6〕、チェスに興じるファーディナンドとミランダの姿を見せる。

ミランダ　あら、その手はずるいわ。

ファーディナンド　いや、愛(いと)しい人、

※3　'tis a chronicle of day by day　アーデン3版もケンブリッジ版も「一日一日と長年かけてできあがった物語」と、「語るのに何日もかかる物語」と、どちらにも解釈できると注記する。

※4　旧ケンブリッジ版はここに「岩屋の帳に手をかけて」とト書きを書き加えた。手をかけないまでも、一同の注意を岩屋へ向けて、中へ誘う所作は必要か。

※5　a wonder　ミランダの名前と掛けていると示唆する現代版が多い。83ページ注6参照。

※6　舞台中央の奥の開口部のカーテンを開くとケンブリッジ版は注記する。ディスカバリー・スペースと呼ぶ学者もいる。

全世界をくれると言ってもずるい手なんか指さないよ。

ミランダ　指すでしょ。王国を二十ぐらい手に入れられるなら。
私、ずるくないって言ってあげるわよ。[※1]

アロンゾー　もしこれが、
この島の幻影なら、大切な息子を
もう一度失うことになる。

セバスチャン　ありえない奇跡だ！

ファーディナンド　[※2]海は厳(いか)めしいが、慈悲の心に溢(あふ)れている。
故なく海を呪(のろ)っておりました。
〔ファーディナンドはアロンゾーの前で跪(ひざまず)く。〕

アロンゾー　喜びに満ちた
父からの祝福をあらんかぎり与えよう。立ってくれ。
そして、どうやってここへ来たか教えてくれ。

ミランダ　まあ驚いた！[※3]
立派な人たちがこんなに大勢！
何て美しいのかしら、人間って！　ああ、すばらしき新世界！
こんな人たちがいるなんて。[※4]

プロスペロー　おまえには新しいからな。[※5]

※1　『オセロー』第四幕第三場「全世界を手に入れられるなら罪は罪とならない」とするエミリアの台詞参照。

※2　オックスフォード版はここに「前へ進み出て」とト書きを加えている。ファーディナンドは最初の一行を言いながら父の前まで行き、次行の台詞で跪くのであろう。シェアード・ラインが連続しており、テンポの速い展開になっている。

※3　O wonder!　前ページ注5参照。

※4　O brave new world / That has such people in't.　オルダス・ハクスリーの小説の題はここから。

※5　若い心が持ち得る感動を失ったプロスペローはこの後、死を思って暮らすと語る。

アロンゾー　おまえのお相手をしていたあの娘さんは誰だ？
知り合ってまだ三時間も経っていないはずなのに。
我々を引き離した上で、こうしてまた
一緒にしてくださった女神様か？
ファーディナンド　人間ですよ、父上。
ですが、人知の及ばぬ神の計らいで、私の妻となりました。
そう決めたときは、父上のご意見を伺えず[※6]、また
生きておいでとは思いませんでした。
ここにおられる高名なミラノ公爵の娘御です。こちらは
公爵のお噂はかねがね聞いていましたが、お会いしたのは
初めてでした。そして私は公爵から授かったのです、
第二の人生を。そして、この淑女が公爵を
第二の父としてくれたのです。
アロンゾー　わが娘だ[※7]。
それにしても、ああ、わが子の赦(ゆる)しを求めねばならぬとは、
何と奇妙な巡り合わせ。
プロスペロー　どうか、もうそこまでで[※8]。
我らが思い出を、もはや過去となったつらさで

※6　王子が王の意向を聞かずに妻を決めることはありえなかった。『冬物語』第四幕第四場参照。
※7　I am hers.　直訳すれば「私は彼女の第二の父だ」。二人の結婚を認めたことを示すとアーデン3版は注記。『十二夜』の大団円でオリヴィアがヴァイオラに「妹ね、あなたは」と言うのと同じ、短い言葉で表現された感動的瞬間。オックスフォード版は「私は彼女のもの」と読み、敬意を示すと解釈する。
※8　アーデン3版は「上演では、アロンゾーが赦しを求めてミランダの前に跪こうとすると、プロスペローがこの台詞を言いながら立ち上がらせることがある」と注記する。

重くするのはやめましょう。

ゴンザーロー　　これまで心で泣いておりました。
それで口がきけなかったのです。神々よ、照覧あれ。
そして、この夫婦に一つの神聖な王冠を授けたまえ。
我らをここへ導く道筋をお定めになったのは、
神々なのですから。

アロンゾー　　私もそう祈ろう、ゴンザーロー。

ゴンザーロー　ミラノ公がミラノから追い出されたのは、
その子孫がナポリ代々の王となるためであったか。
ああこのめでたさは、並みの歓びを遥かに超える。
永遠の記念碑[※1]に金文字で記しましょう。ただ一度の航海にて
クラリベル姫はチュニスにて夫を見出し、
その兄ファーディナンドは、自らを失いし場所にて
妻を見出した。プロスペローは小さな孤島にて
ミラノ公国を取り戻し、我ら一同、
正気を失って自らを取り戻した、と。

アロンゾー　〔ミランダとファーディナンドに〕手をとらせてくれ。
二人の歓びを願わぬ者の心に

※1　ケンブリッジ版は、トラヤヌスの記念柱（ローマのダキア戦争の物語が円柱の表面にびっしり刻まれている柱）のような何らかの永遠の記念碑を指すとし、多くの編者が受け入れる「ヘラクレスの柱」への言及とする説（Dennis Kay, 'Gonzalo's "lasting pillars": *The Tempest*, v. i. 208', *Shakespeare Quarterly* 25（1984）: 322–4）を否定している。ヘラクレスの柱は神聖ローマ皇帝カール五世の紋章ともなり、さらなる世界を望む覇権主義の象徴としてよく知られていたが、過去の出来事を示す記念碑ではないため。

※2　Be it so; amen. アーメンは「そうなりますように」の意味。

常に悲しみが宿りますよう。

ゴンザーロー　そうなりますよう、アーメン。[※2]

エアリエル登場。驚いた様子の船長と水夫長があとに続く。

ゴンザーロー　おお、ご覧、ご覧なさい。仲間が来ました！
予言したでしょう。陸に首吊り台があるかぎりは、
こいつは溺れ死んだりしないって。おい、罰当たり！
船ではあんなに罵って神の恩寵を追い出しておきながら、
陸に上がると口もきけんのか。何があった？

水夫長　一番の吉報は、王様とそのご一行がご無事に[※3]
見つかったってことで。その次は、船のことですが、
真っ二つになったと思ってから三時間[※4]も経ってないのに、
初めて出航したときとそっくりそのまま、
立派に装備も整って、無事だってことです。

エアリエル　〔プロスペローに〕さっき出たとき
ぜんぶやっておきました。

プロスペロー　〔エアリエルに〕抜け目ないやつだ[※5]！

アロンゾー　自然な流れではこうはならない。ますます

※3　第一幕第一場で散文を話していた水夫長は韻文を話し出す。

※4　three glasses　OEDはここをglassの用例に挙げ、「海事では半時間の意味」とする。しかし、ここでは一時間の意味で用いられている。『お気に召すまま』第二幕第一場でも同様に誤用されており、集注版はシェイクスピアが船に乗ったことがないとする論考を紹介している。

※5　My tricksy spirit.　OEDはtricksyの用例としてここを挙げ、「策略や悪戯好きの、遊び好きな、ふざけた、茶目っ気のある、きまぐれな、むら気な」と定義している。船を元どおりに戻すのは、プロスペローの命令にはなかったらしい。

不思議の度合いが増してきた。どうやってここへ？
水夫長　はっきり目が覚めていたと言えるなら、
お話しもしましょうが、泥のように眠っておりまして、
しかも（どうしてかわかりませんが）皆、船の中に
閉じ込められ、つい先ほど船の外から
わめき声、悲鳴、吼え声、鎖の音といった
不思議な恐ろしい音がいろいろ聞こえてきて、※1
それで目が覚めると、急に体が自由になり、
皆装いも新たになっており、改めて見れば王様の船は
堂々たる立派な姿じゃありませんか。船長も
それを見て跳び上がって喜びました。そのあとは
まるで夢の中、あっと言う間に、皆と別れて、
我々二人だけここに連れ出されたのです。
エアリエル　〔プロスペローに〕お見事、でしょ？
プロスペロー　〔エアリエルに〕
でかした（いい子だ）。すぐ自由にしてやろう。
アロンゾー　こんな不思議な迷路に迷い込んだ者はいない。
これには、何か自然の力を超えた力が

※1　ケンブリッジ版が指摘するように、エアリエルはゴンザーロらには「目覚めよ」と歌って起こしたのに、下層階級には乱暴な起こし方をしている。

※2　(Which shall be shortly single) I'le resolve you,　アーデン2版、ケンブリッジ版はFの括弧を重視して、括弧内を which will soon be continuous と読む。single はOEDが稀とする uncivided の定義。括弧を無視し、shortly, single, I'll とコンマで区切り、「二人きりで、他の者を交えず」の意味ととるニコラス・ロウの校訂を採用する現代版もある。しかし、プロスペローがあれほど大事に思うゴンザーローまで排除してアロンゾーだけに

働いているのだ。神託にでも頼らないと、
解明できそうにないな。

プロスペロー　陛下、
不思議だ不思議だと言い立てて、お心を
悩ませるには及びません。しかるべき折りに
(それも時を移さずすぐに)[※2] ご説明し、
(ご納得いただけるように) 起こったことを一つ一つ
種明かしいたしましょう。それまではどうぞ陽気に、
心安らかにおいでください。〔エアリエルに〕ここへ来い、精霊、
キャリバンとその仲間を解放しろ。
魔法を解いてやれ。

〔エアリエル退場。〕

〔アロンゾーに〕どうなさいました[※3]？
お供のうちにまだ戻らぬ者がおりますね。
半端者なのでお忘れになっておいでだが。

エアリエルが、盗んだ服を着たキャリバン、ステファノー、トリンキュローを追い立てながら登場。

説明しようとするという解釈は首肯し得ない。なお、オニオンズの*A Shakespeare Glossary*は、singleに副詞singlyとしての用法を認め、**by oneself**（私自ら）と定義し、ここを用例としている。リヴァーサイド版も直前のアロンゾーの神託への言及を踏まえて「神託に頼らずに私自身が」と注記。ペンギン版も同じ。シュミットの*Shakespeare-Lexicon*も**alone, by oneself**（私自ら）と定義し、「起こったことを一つ一つ説明しましょう」の意味と説明している。

※3　アロンゾーはプロスペローがエアリエルに話しかけているのを聞いて（エアリエルが見えないので）怪訝な顔をするのだろう。

ステファノー　みんな、ほかのやつらなんか気にしろ。[※1] 自分を大切にしてんじゃねえよ。すべては運命だ。コラッジョ、[※2] 粋な化け物、しまっていこうぜ！

トリンキュロー　俺の顔についてるこの目ん玉で物が見えてるなら、こりゃ大した光景だわ。[※3]

キャリバン　ああセテボス様、何てすばらしき精霊たち！[※4]
ご主人様も立派な姿になっている！
こりゃ叱られるぞ。

セバスチャン　は、は！
こりゃ何だ、アントーニオ？
金で買えるものだろうか。

アントーニオ　買えるでしょう。一匹は
明らかに魚だから、売り物になりますよ。

プロスペロー　この者たちのお仕着せの紋章[※5]を見て、
ご家来かどうかご確認ください。[※6] この不恰好な悪党、
こいつの母親は強力な魔法を使う魔女でした。
月をも操り、潮の満ち干も月の力を超えて
意のままに自由自在にできる力を持っていました。

※1　酩酊ゆえに意味を逆にして言っているとケンブリッジ版、アーデン3版、オックスフォード版は注記する。
※2　*Coraggio.*　イタリア語で「勇気を出せ」「元気を出していくぞ」の意味。
※3　トリンキュローとステファノーだけが散文を話す。
※4　**these be brave spirits indeed!**　ミランダの台詞への呼応があるとされる。136ページ注4参照。
※5　**badges**　大きな屋敷に仕える家来が身に着けていた、その家の者であることを示す紋章。盗んだコート類の下に紋章付きの服を着ていると考えられる。
※6　Then say if they be true.　アーデン3版や集注版に拠れば、

この三人は私の物を盗み、この悪魔の申し子は(悪魔が妾に産ませたやつで)二人と共謀してわが命を狙ったのです。この二人は、あなたがたのご存じのお身内の者です。この暗黒なるものは、私のものと認めましょう。※7

キャリバン　死ぬほどつねられるな。

アロンゾー　ステファノーではないか、酔っ払いの執事の?

セバスチャン　今もかなり酔っています。どこに酒があったんだ?

アロンゾー　トリンキュローもすっかり出来上がっている!
こんなに真っ赤になるとは一体どこから酒を手に入れたんだ?
すっかり酒に漬かった漬物状態ではないか。

トリンキュロー　陛下とお別れして以来、ずっと漬かっておりまして、骨身に沁みております。アルコール消毒済みなので、蝿もたかりません。酒のせいで蝿も避けるってね。※8

セバスチャン　おっと、大丈夫か、ステファノー?

ステファノー　さわらないでくれ。俺はステファノーじゃねえ。体じゅうが痛む病気の塊なんだ。

プロスペロー　おまえが、この島の王となろうとした男か。

紋章が本物(正しくアロンゾーのものである)かどうか言ってくださいという意味。badgesを「印」の意味でとり、盗んだ衣装のことを指しているとし、trueをhonestの意味で解釈して「衣服を見れば、こいつらが正直者かどうかおわかりになる」と解釈する説もある。しかし、プロスペローが求めているのは二人が「お供のうちのまだ戻らぬ者」であるかどうかの確認であって、正直者かどうかではないだろう。

※7　This thing of darkness, I / Acknowledge mine.「訳者あとがき」参照。

※8　原文はpickleの二つの意味、「窮境」と「漬け汁で保存する」で遊んでいる。

ステファノー　なれたとしても、体が痛んで、痛み入ります。

アロンゾー　〔キャリバンを見て〕こんな珍妙なもの、見たことない。

プロスペロー　姿ばかりか、やることなすこと、
ねじ曲がっているのです。おい、岩屋へ行け。
一緒に仲間も連れていけ。私の赦しを
得たければ、なかをきちんと片付けておけ。

キャリバン　ああ、そうするよ。これからは、
もっと利口になって目をかけてもらおう。なんていう
馬鹿だったんだろう、この酔っ払いを神様と思い、
このグズな阿呆を崇めるなんて！

プロスペロー　　　　　　　　　　さっさと行け！※1

アロンゾー　〔ステファノーとトリンキュローに〕
行け。そしてその服は、見つけた場所に戻しておけ。

セバスチャン　見つけたというより盗んだ場所に、な。※2

〔キャリバンとステファノーとトリンキュロー退場。〕

プロスペロー　陛下、陛下とお供ご一同を、
わがつましい岩屋へご招待します。そこで今晩一晩
お休みになってください。そのとき、少しお話を

※1　オックスフォード全集版はここで「キャリバン退場」とするが、仲間を連れていかなければならない。

※2　この台詞をアントーニオではなくセバスチャンが言うことが重要。アントーニオは盗んだ公国をもとに戻すことになったわけで、自分のことを棚に上げて、盗みを叱るこの台詞を言うことはできない。セバスチャンがあたかも兄のものを盗むつもりなどなかったかのように無邪気にこの台詞を言うとき、その野望はすっかり消えたことが明確になる。王位を盗もうとしたセバスチャンが自らを投影する滑稽なステファノーを笑うとき、沈黙したままのアントーニオは何を考えているのか。

聞いていただければ、必ずや夜はあっという間に
更けて行くでしょう。わが人生の物語、そして
この島に来て以来、起こったあれこれの出来事を
聞いていただきましょう。朝になりましたら、
陛下のお船にお連れいたします。そしてナポリへ。
そこでは、この我らの愛(いと)しい子供らの婚礼が
盛大に執り行われることでしょう。
そこから私はミラノで隠居暮らしをし、
ことあるごとに自分の死を思いましょう。※3

アロンゾー　すぐにも
その人生物語を聞かせてくれ。その不思議さに
この耳は虜(とりこ)となることだろう。

プロスペロー　すべてお話ししましょう。
明日はきっと海は穏やか、順風満帆(まんぱん)で、
すべるように船は走り、遙(はる)か先を行く陛下の船団に
追いつきます。お約束しましょう。
〔エアリエルに〕※4 可愛いエアリエル、
それだけ頼む。そうしたら、空気の中へ

※3　Every third thought shall be my grave. 直訳すれば「三つに一つの考えは私の墓のことになるだろう」。『ヘンリー四世』第二部第三幕第二場でフォールスタッフがシャロー判事のことを「嘘ばっかり言う」の意味で every third word a lie と言うのと同じで「何かにつけて死を思う」という意味であろう。当時のメメント・モリの思想であり、必ずしもプロスペローの死期が近いと考える必要はないとアーデン3版は注記する。

※4　「エアリエルに傍白」とする現代版が多いが、ケンブリッジ版やオックスフォード版が示唆するように、大きな声での呼びかけでよいだろう。

消えていけ。自由にな。さらば！
〔一同に〕皆さん、どうぞこちらへ。

一同退場[※1]。

※1　Fのト書き。シェイクスピアの他の作品に於いて、『終わりよければすべてよし』の王、『お気に召すまま』のロザリンド、『夏の夜の夢』のパックなど、登場人物を演じた役者がエピローグも語る場合は、一度退場せずにそのまま舞台に残って行う。それゆえ、新旧ケンブリッジ版の校訂のように「プロスペローだけを残して全員退場」と解釈するのが正解であろう。

※2　エリザベス朝演劇では通常エピローグは演技を終えた役者が役者として語るものだが、ここではプロスペローとして語るところがユニーク。同時にこの演技空間（「何もないこの島」＝何もない舞台）から役者である

エピローグ

プロスペローが語る。[※2]

今や魔法は使い果たし、[※3]〔※〕
残るは無力のこの私。〔※〕
ここにこの身をとどめるか、〔*〕
ナポリへ帰してくださるか、〔*〕
皆様お決めくださりましょう。〔☆〕
国も取り返し、裏切り者も赦した以上、〔☆〕
何もないこの島に残るよう〔★〕
魔法をおかけにならぬよう。〔★〕
どうか皆様、お手を拝借。[※4]〔◇〕
この身を解放してくだされば一件落着。〔◇〕
皆様の息[※5]でわが帆をふくらませ、〔◆〕
わが目論見（もくろみ）を救ってくださいませ。〔◆〕

私を解放してほしい、つまりプロスペローという役から私を解き放って「この身を自由に」してほしい、と役者として願うという二重構造になっている。

※3　弱強四歩格で二行ずつ押韻する形式。部分的に行頭に裏拍が入る。『夏の夜の夢』のパックのエピローグに似る。

※4　With the help of your good hands
直訳すれば「お客様の拍手の助けを得て」。『夏の夜の夢』のパックの「ご厚意あらば拍手をどうぞ」と同じだが、ここで拍手が起こるのではなく、台詞終わりで拍手を求めるように台詞は続く。

※5　息とは言葉、特に「この芝居は面白かった」という誉め言葉。

目論見とはそれ、皆様のお楽しみにほかなりません。〔△〕
もはや私には仕える精霊も、かける魔法もありません。※1〔△〕
最後にあるのは絶望のみ。〔▲〕
ただ、祈りで救いたまえと願うのみ。〔▲〕
祈りは慈悲なる神の御心(みこころ)を打ちましょう。〔▽〕
さすれば、すべての咎(とが)は赦されましょう。※2〔▽〕
皆様が、ご自身の罪の赦しをお求めのように※3〔▼〕
どうか寛大なお心で、この身を自由に。※4〔▼〕

退場。

※1　プロスペローとしても一役者としても精霊や魔法は使えない。

※2　frees all faults
「芝居の至らぬ点はすべて大目に見ていただきたい」という意味が第一義にある。その上で、人間としての「罪を赦していただきたい」というもう一つの意味が掛けられている。

※3　『新約聖書』「マタイによる福音書」6：14「もし人の過ちを赦すなら、あなたがたの天の父もあなたがたの過ちをお赦しになる」参照。

※4　Let your indulgence set me free.
「私を自由にしてください」というこの表現は、劇作家シェイクスピアの劇場への告別なのではないかという説もあった。

楽譜

作曲家ロバート・ジョンソン（一五八三頃〜一六三三）が作曲した第一幕第二場の「そなたの父は海の底」（Full Fathom Five）と第五幕第一場の「蜂と一緒に蜜吸おう」（Where the Bee Sucks）の楽譜が John Wilson, *Cheerful Ayres or Ballads*（1659）に収められており、恐らく初演時に使用されたものと推測される。また、大英図書館の Add. MS. 10444 にあるジョンソン作曲の宮廷仮面劇用楽曲の中の『テンペスト』と題された曲は第四幕のカントリーダンスではないかとされており（アーデン2版補遺参照）、その楽譜もここに掲載する。

ロバート・ジョンソン作曲の宮廷仮面劇には、一六一一年にヘンリー王子が主役を務めたジョンソン作の仮面劇『妖精の王オーベロン』や、一六一三年二月にジェイムズ一世の娘エリザベス王女（16歳）とプファルツ選帝侯フリードリヒ五世（16歳）の結婚を祝って上演されたチャップマン作とボーモント作の二つの仮面劇などがある。後者の『イナー・テンプルとグレイズ・イン法学院の仮面劇』には、テムズ川とライン川の婚姻を祝うため、ユーピテル（ジュピター）とユーノー（ジューノー）のそれぞれの使者メルクリウス（マーキュリー）とイリース（アイリス）が案内役となり、水の精ナーイアスや星の精ヒュアデスらの踊り、五月の田舎の花祭りなどの余興を競って披露する趣向があった。

本書41ページ

宝 もの 海 の ニン フよ 鳴 らせ ベル
rich and strange Sea nyimphs hour- ly ring his knell
ほぅら お聞 きよ ほぅら お聞きよ ディン ドン
Hark now I hear them Hark now I hear them Ding dong
ベル ディン ドン ディン ドン ベル ディン ドン
bell Ding dong ding dong bell Ding dong
ディン ドン ベル ディン ドン ディン ドン ベル
ding dong bell Ding dong ding dong bell

そなたの父は海の底

(Full Fathom Five)

“The Tempest” 本書114ページ

B.M. Add MS 10444 no.62

蜂と一緒に蜜吸おう

(Where the Bee Sucks)

本書130ページ

デザイン／八木麻祐子（Isshiki）

一六〇九年バミューダ海域遭難の二つの手記

一六〇九年七月、ヴァージニア植民会社ロンドン支局が送り出した三百トン級の商船シー・ヴェンチャー号がバミューダ諸島近くで難破した。この海難から奇跡的に生還した人たちの記した手記はロンドンで大いに話題となり、『テンペスト』執筆に影響を与えたとされている。

一六〇九年六月二日(金)、シー・ヴェンチャー号を旗艦とする七隻の船団はイングランドのプリマス港を出航、イングランドが一六〇七年にアメリカ大陸に建設した最初の植民地ヴァージニア州ジェイムズタウンへの移住者の第三弾として五〜六百人を運んでいた。アメリカ大陸へ渡るには、まずカナリア諸島まで南下して、そこから大西洋を越えて西インド諸島へ渡った上で北上するのが順当だったが、西インド諸島を制圧していたスペイン帝国の影響を避けて、船は南下せず、そのままヴァージニアをまっすぐ目指す北緯三十度付近の針路をとって大西洋沖に出た。

七月二十四日(月)夕刻より雲行きがおかしくなり、翌日ハリケーンのために船団は分裂、シー・ヴェンチャー号は水漏れを起こし、沈没しかかったが、二十八日(金)、船に乗っていた百五十名全員がバミューダの島に上陸することができた。悪魔の島と呼ばれていたところだったが、実は自然の豊かな島だった。九か月後、二艘の帆船が造られ、これにより翌年五月、百四十二人がヴァージニア植民地へ渡った。

シェイクスピアが最も依拠したであろうとされる手記を書いたウィリアム・ストレイチー（William Strachey, 1572-1621）は、シェイクスピアが出演したベン・ジョンソンの芝居『セジェイナス』（一六〇五年刊行）に「セジェイナスに寄せて」と題するソネット詩を献じた文人である。彼はブラックフライヤーズ劇場の株の六分の一を所有し、祝典少年劇団（the Children of the Revels）の株主でもあり、劇作家のベン・ジョンソン、ジョン・マーストン、ジョージ・チャップマンや、詩人のトマス・キャンピオンやジョン・ダンらと交友があった。一六〇五年頃から経済的に苦しくなり、トルコで運を試そうとしたが失敗して一六〇八年六月に帰国。翌年、新世界で運試しをしようとしてシー・ヴェンチャー号に乗り込んだのだった。

一六一〇年七月十五日付で書かれた彼の手記は、一六二五年にサミュエル・パーカスが自らの本（*Purchas His Pilgrimes*）に収めるまで活字にならなかったものの、シェイクスピアは何らかの伝手でその草稿を読んだのだろうと推測されている。ヴァージニア植民会社に巨額の投資をしていた政治家サー・ダドリー・ディッグズの弟レナード・ディッグズはシェイクスピアのファースト・フォーリオに詩を献じた四人の一人であり、「我らがシェイクスピアよ、汝は決して死ぬことなく、栄冠を戴いて永遠に生きるべし」と詩を結んでいるし、二人の義父はシェイクスピアの遺書の連署人であった。そして、ダドリー・ディッグズ自身、ストレイチーとともに『セジェイナス』に献辞を寄せており、シェイクスピアの劇団仲間ジョン・ヘミングはディッグズの結婚に立ち会って署名をしている。また、ヴァージニア植民会社には、シェイクスピアのパトロンのサウサンプトン伯爵も関わっていた。

手記はある淑女へ宛てて書かれた形式になっている。この淑女の正体は、ヴァージニア植民会社社長サー・トマス・スミスの妻デイム・サラ・スミスであるという説やジョン・ダンのパトロンであるベッドフォード伯爵夫人ルーシーであるという説など諸説ある。以下、ストレイチーの手記を Geoffrey Bullough, ed., *Narrative and Dramatic Sources of Shakespeare*, 8 vols (London: Routledge & Kegan Paul; New York: Columbia University Press, 1975), vol. 8 より、私の訳注とブロウがつけた注を適宜折り込みながら抄訳する。

もう一人のシルヴェスター・ジュアディン（Sylvester Jourdain, 1565-1650）は、ドーセットシャー州出身の裕福な商人の弟であり、東インド会社の船長の従兄弟(いとこ)だが、詳細は不明。同郷のサー・ジョージ・サマーズ（Sir George Somers, 1554-1610）提督を崇拝してシー・ヴェンチャー号に乗船したらしい。恐らく、植民地総督として難破のあいだ指揮を執ったサー・トマス・ゲイツとともに一六一〇年九月にイングランドに帰国したのだろう。翌月に手記を上梓(じょうし)、小冊子として刊行し、一六一三年に増補版も出すほどの人気を博した。Joseph Quincy Adams, ed., *A Discovery of the Barmudas (1610) by Silvester Jourdain*（New York: Scholars' Facsimiles & Reprints, 1940）より訳す。ジュアディンは、一六一三年に増補版を別名にて刊行している（*A Plaine Description of the Barmudas, now Called Sommer Ilands*）。

なお、翻訳に当たっては、事件を読み物としてまとめた Hobson Woodward, *A Brave Vessel: The True Tale of the Castaways Who Rescued Jamestown*（Penguin Books, 2010）も参照した。

ウィリアム・ストレイチー
『騎士サー・トマス・ゲイツの遭難と救済の真の報告』抄訳

　すばらしき淑女よ、金曜〔一六〇九年六月二日〕の夕刻に我々はプリマス港を出発したとご理解ください。船団は全部で立派な船七隻と先導用帆船二艘から成り、すべて前述の六月二日から七月二十三日まで仲よく一緒に、互いに一時も見失うことなく進んでおりました。〔……〕ニューポート船長の計算では、あと七日か八日もすれば、ヴァージニア海岸の岬ケープ・ヘンリーに着く予定でした。ところが、七月二十四日の聖ヤコブの日、月曜日、雲がもくもくと厚く迫り、風が歌って異様にピューピューと吹きすさび、それまで我々を先導していた帆船と離れてしまいました。凄(すさ)まじく恐ろしい嵐が北東から吹き始め、それがどんどんと膨れ上がり、まるで発作を起こしているかのようになり、見たこともない荒れ方をして数時間もしないうち、ついに空から光が一切消えてしまったのです。地獄のような暗闇が迫ってきたものですから、いよいよ恐怖の極致です。こうなれば恐ろしさのあまり人は取り乱し、一切の分別がきかなくなってしまうものですが、凄まじい怒号や風のうなりを耳にして驚愕(きょうがく)した乗組員も錯乱し、どんなに落ち着いた偉丈夫も怖気(おぞけ)をふるいました。〔……〕

　二十四時間、嵐は落ち着かずに荒れ狂い、ここまで激しくなれるものかと想像も理解も絶するほどの勢いで吹き荒れました。しかも、さらにどんどん凄まじくなり、怒りに怒りが加わって、一つの嵐のあとにさらに滅茶苦茶な嵐がやってくるのです。これほどの轟音や不便に慣れていないご婦人や旅客が上げる悲鳴が船に響いて、我々は心配し、あえぎながら顔を見合わせました。叫びは風に呑まれ、風の音は嵐に掻き消されました。人々の心や口には祈りがあったでしょうが、船長や航海士の大声に掻き消されました。もし私がギリシャ神話の戦士ステントールのように五十人分の大音量の声を持ち、その声を限りに苦悩を訴えたとしても、何の意味もなかったでしょう。〔……〕海は雲の上までふくれあがり、天に戦いを挑んでいました。雨とはもはや言えず、水流全体が宙に氾濫していました。水が少し落ち着いたかと思うと、すぐに風がさらに大きくうなり、いよいよ騒がしく、悪辣になるのです。何と言ったらよいでしょう。風と海は、猛威と狂暴さのかぎりに荒れまくったのです。これまでに嵐に遭ったことはありましたが、比較になりませんでした。突然船が裂けるのではないか、転覆するのではないかと思わぬ瞬間はなかったのです〔第一幕第一場参照〕。

ところが、それだけではありませんでした。もっと我々を苦しめるのが神の御意思だったのです。というのも、嵐が始まってまもなく、船に大きな水漏れが生じていたのです。気づいてみると、船底の底荷から五フィートの水が急に溜まっていました。〔……〕

男たちは必死になって水を掻き出しました。お偉いさんたちも、植民地総督トマス・ゲイツやサー・ジョージ・サマーズ提督も嫌がることなく、互いに手本を見せあっていました。下々は、ガレー船の男たちのように上半身裸になり、始終かかる塩水を避けながら、三日四晩〔原文ママ〕、目を開け続け、頭と手を動かし続け、体は疲れ、気力は果てながらも、救われる望

みもないまま、働くことで溺れ死ぬのを免れていたのです。〔……〕

一度などは、巨大な波が船尾を襲い、船首から船尾まですっかり水に浸かりました。この水の流れはあまりにも激しく、操舵手は舵から流されるほどでした。何とか一命をとりとめた操舵手は仲間を大声で叱咤しましたが、皆は船がばらばらになって完全に終わりだと諦めていました。私としては、船はもう海底に沈んでいる気がしました。〔……〕

この間、空は真っ暗で、北極星さえ見ることはできません。夜の星はもとより、昼の日光も射さないのです。木曜の夜になって初めて、見張りについていたサー・ジョージ・サマーズが、ぼんやりとした小さな光を見ました。微かな星のようで、震え、閃光を放ってメインマストの半分くらいの高さを横静索から横静索へ流れたり、四つの横静索の天辺に止まりそうになったりしました。三、四時間、あるいはそれ以上、夜の半ばを光は我らとともにあり、メインマストの下桁〔マストの下部に張る最も大きな帆であるメインスルの上部を支える横木〕を、端まで行って光り、それから反対側へ走って光ったりしました。このとき、サー・ジョージ・サマーズがほかの者たちを呼びつけ、これを見せ、皆は驚いてじっと見守りました。しかし、朝の見張りが近づくと、不意に見えなくなり、どこかへ消えてしまいました。迷信深い船乗りたちは、この《海の火》をあれこれ解釈していましたが、嵐のときにはよく見られる現象です。スペイン人はこれをセントエルモ（聖エルモ）と呼んでいます。〔……〕

我々は船の装備を取り外し、多くの荷物を海へ投げ捨てました。多くのトランク、荷箱（これは私にはかなり痛手でした）を捨て、多くのビール樽、油やリンゴ酒やワインや酢の大樽を壊し、右舷側の武器をすべて海に捨てました。それから船をさらに軽くするためにメインマストを切りにかかるところでしたが、何しろ我々は消耗しきっていて、部下たちも疲れて身も心もぐったりしていたのです。火曜から金曜の朝まで、日夜、一睡もせず物も食わずに働きづめだったのですから。〔……〕

そして、四日目の金曜の朝。まさかそんな幸運が訪れるとは思いもせぬとき、サー・ジョージ・サマーズが陸を発見して「陸だ！」と叫んだのです。我々は船を近づけ、神のお慈悲により、ボートを何艘も出して、夜になる前に、男も女も子供もすべて、約百五十名を無事にその島へ上陸させました。

これは例の危険な恐ろしい島々、バミューダ諸島だとわかりました。いわゆる「悪魔の島」と呼ばれているもので、生きて帰ったあらゆる海の旅人から恐れられ、世界のどんなところよりも避けられてきた島でした。ところが、慈悲深い神はこの恐ろしく嫌われた場所を、我らの安全な場所、救いの手段となさったのです。

ですから、私は世間の大きな誤解を解きたいのです。人の住めない場所で、悪魔や邪悪な精霊の棲むところとされてきましたが、実のところ、この一帯のほかの島と変わらず住み心地がよく、広々としていることが、経験によってわかったのです。真実は時の娘であり、何事も、人は自分で確かめてもいないことを否定してはならないのです。〔……〕

これらの島々はしょっちゅうテンペストや、雷鳴、稲妻、暴風雨によって苦しめられ、掻き乱されています。〔……〕島全体の土はどこも同じで、赤茶けて、砂っぽく、乾いており、農作物や果実を育てるのは無理そうでした。〔……〕このあたりの島に生えているレモン、オレンジ、サトウキビなら生えるのではないかと、我らの総督が畑を作って試したところ、芽が出たのですが、豚が入ってきて根こそぎ食べてしまいました。〔……〕ヴァージニア植民地にあるものよりも立派なビャクシン〔「シダー」とあるが、食べられる実をつけるビャクシン（イースタン・レッド・シダー）のことか〕の林がたくさんありました。その実を煮て、絞り、三、四日寝かしておくと、おいしい飲み物となります〔第一幕第二場の「木の実の入った水」参照〕。〔……〕

　確かに島のどこにも、清水の湧く泉や川はありません。最初に島に上がったとき、地面を掘ってみたところ、水が出てきたのですが、雨水でしかなく、すぐに地中に沈んで消えてしまいました。〔……〕

　あたりの岸や湾には最初に上陸したとき、いろいろな種類のおいしい魚がいっぱいいましたが、岸辺にずっと焚いていた火に怯えたのか、遠ざかってしまい、スギで平底の舟を作って沖に出て、毎日カスザメ、サケの稚魚、アカエイ、サメ、ツノザメ、マイワシ、ボラ、メバルなどいろいろな魚をどっさり捕りました。我らが総督はこれらを干して塩漬けにしました。〔……〕岩の裂け目、砕けた岩の下には、イングランドよりも大きなロブスターがいたりします。同様に、カニ、カキ、バイ貝が豊富に採れます。〔……〕

　鳥もどっさりいて、イングランドのホオジロより大きくて太ったスズメや、いろいろな色をしたコマドリなどの小鳥も各種おり、コウモリはものすごくいました。〔……〕水かきのある鳥がいて、イングランドのタゲリかカモメ〔Sea-Meaweと綴られている。79ページの注7参照〕

ぐらいの大きさで、夏のあいだは見かけませんでした。〔……〕

仲間は船の犬を連れて狩りに出かけ、週に三十頭、多いときには五十頭ものイノシシや豚を生け捕りにしました。……天気が悪く、魚も亀も捕れないときは豚を殺しました。〔……〕亀はそれなりにおいしく（一部の意見です）、栄養のある食べ物です。一匹の海亀（と我々は呼んでいました）で優に十二回分の食事になり、一回で六人分はあります。水で暮らしている生物なので、魚とも肉とも言えない味です。〔……〕

〔一同はサー・ジョージ・サマーズ提督が率いる一団と、サー・トマス・ゲイツ総督が率いる一団に分裂し、二つの島に分かれて生活するという話になる。ブロウは『テンペスト』でも、遭難した人々は二手に分かれて別々のところにいると指摘する〕ある危険で密かな不満が我々の中に育まれ、血腥い結果と悪さを引き起こしかねない状態にありました。まず船乗りのあいだに生まれたこの不満は、やがて（偽の餌によって）それ以外の多くを味方につけ、その中の何人かは〔宗教的な考えのために〕とりわけ尊敬されている人たちでした。〔……〕

そして九月一日、陰謀が発覚しました。〔……〕これらの危険と悪魔の不穏さに於いて〔全能の神が我らのために働いて、海難から奇跡的にお救いくださり、岸にあらゆるお恵みをくださり、我々を感謝させしめてくださっているというのに〕我々は互いに牙を向け合い、殺し合おうとしたわけで、総督がその権威をもってこの陰謀を抑圧なさらなかったら、一体どんな悲惨なことになっていたことでしょう〔ブロウはプロスペローの権威と比較する〕。それにしても、我らが総督とその他大勢の命を狙おうというほどのひどい陰謀があるでしょうか。しかし、神の御意思は、最初に謀叛（むほん）の火を掲げた火付け役の松明（たいまつ）を正しいご判断のもとに打ち砕くというものでした。〔……〕連中は仲間を増やしていき、総督を見捨ててこの島を自分たちのものにしようと説き伏せて味方につけました。倉庫を襲撃して、そこから奪えるものは何でも、食べ物、服、綱、武器、帆、オールなど難破船から回収しておいたものを奪おうと計画していました。

しかし、軽薄で無謀な計画には常に不完全なところがあるものです。反抗と造反という行動の性質上、計画者ら自身の無知もあり、その意思が強固になっていない仲間内から陰謀それ自体から抜けようとする者が現れ、（計画実行の時が熟す前に）計画と加担者全員の名が明らかにされたのです。とは言え、直ちに全員逮捕されなかったのは、連中があちこちに散らばっており、我々のところにいる者もいる一方、首謀者はサー・ジョージ・サマーズの島にいたからです。警戒態勢がとられ、それまでは武器など持たず島じゅうを歩きまわっていたのですが、それ以降全員が武装し、自分の命が安全ではなく隣にいる者も信頼できないので、各自気をつけるようにと言われました〔ブロウは第二幕第一場の終わりと比較する〕。〔……〕

訳注：こうして九か月が過ぎ、その間、帆船が二艘造られ、三月にデリヴァランス（救出）号、四月にペイシャンス（忍耐）号が完成、五月上旬に出航し、二週間でヴァージニア植民地に到着、そこが飢餓と暴動と統治の混乱により悲惨な状態になっているのを知って驚愕（きょうがく）するのだった。インディアンとの戦いについても付記している。

シルヴェスター・ジュアディン
『バミューダ諸島、別名悪魔の島の発見』全訳

我らが総督サー・トマス・ゲイツ、サー・ジョージ・サマーズ、そしてニューポート船長という実に立派な三紳士（その実に名誉ある計画に於ける勇気と不屈の精神を世間は認識すべきである）とともに、我々はシー・ヴェンチャー号にてヴァージニア植民地へ向けて出航、北緯三十度付近を進んだ。極めてきつく残酷な嵐に遭ったのは、一六〇九年七月二十五日。嵐のためにわが船は船団から離れてしまい（ほかの船は全部で八隻）、荒れた海のせいで、船は揺れ、裂かれ、水漏れし、底荷より大樽二つ分の深さの水をかぶった。乗組員は、腰まで水に浸かりながら、三日三晩休みなくバケツや小樽ややかんで水を掻き出したり、ポンプで外へ出したりした。しかし、水は減るどころか増えるように思えたため、皆完全に疲れきり、それ以上働くことができなくなり、もはや命も諦めて海の慈悲（海は無慈悲だが）に身を任すか、万能の救い主である神（神なら大いなる慈悲がある）にすがって甲板を閉めるしかないと思うほどだった。どう理性を働かせても、人の子がこの避けがたい危険から逃れる助けも希望もない以上、今にも船は沈むと誰もが諦めたのだ。そこで船にあったおいしい爽快な水を取ってきて、互いに飲みまわし、より恵みある世界で楽しく幸せな再会ができますようにと互いに最後の別れを告げ合った。

そのとき神の実に情け深く慈悲深い思し召しにより、（海のなすがままだった）我らが船に幸運が訪れた。すなわち船尾楼に坐って船をできるだけまっすぐになるように保っていたサー・ジョージ・サマーズ提督（三日三晩、食事も摂らず、ほとんど眠らずにずっと舵を取っていたわけだが、そうしないと船はたちまち転覆していた）が、「陸だ！」という実にありがたくもうれしい言葉を発したのだ。

そして、提督は、水のポンプ排出作業とバケツや小樽ややかんでの掻き出し作業を続けるように気持ちよく励ました。皆は長いこと何も食べずに働きづめだったため、ぐったりしていて、少しでも坐ったり横になったりしたら隅で眠ってしまっていたのだったが、陸の知らせを聞くと少し気を取り直し、ない力を振り絞って皆精を出し、体力と気力を振り絞り、弱った体でできるかぎりのことをしたのである。その弱々しい努力に応じ、神は水をしばしのあいだ留めてくださり（それが我々の最後の息をする瞬間に思えた）、その間に船を沈めもせずに、サー・ジョージ・サマーズが先ほど見つけた島の半マイル先まで進めてくださったのである。それがバミューダ諸島であった。

船は沈まず、二つの岩のあいだにはさまって動けなくなったのは不幸中の幸いであった。十分な時間の余裕もでき、ボートや小舟で全員（百五十名）上陸できたが、あとで海水でだめにならなかった荷物や食料を大量に運び出す時間もあった。船の索具や鉄の多くも、新しい船を造るのに必要であり、これらも取り外せたので、この島でヴァージニアへ移動する船を造ることができたのだ。偶然この島に辿り着いて助かったのもさることながら、この島での食事や暮らしが期待以上のすばらしいものであったことは、実に不思議なことであった。

バミューダ諸島は、これまで、キリスト教徒も異教徒も住みつかない、突風と嵐と悪天候しかないとんでもない魔法の場所だと考えられてきて、どんな航海士も船乗りもスキラの巨岩やカリブディス〔どちらも大渦巻の起こる難所〕を避けるように、あるいは悪魔を避けるように避けてきて、誰も近づこうとせず、意に反して近づくと、嵐や岩場の危険によって海に七リーグ沈んで難破するとされてきた。

ところが、空気は穏やかで、人の命を維持し支えるのに必要な物が豊富だとわかったのだ。パンやビールなど運んできた食料は海水にずっと浸かってすっかりだめになっていたにも拘わらず、我々はそこにほぼ九か月、爽快に、快適に、かつ満足に過ごしただけでなく、あまりに島が豊かだったために、自分たちで消費するほかヴァージニアへ持っていくほどのかなりの食料を貯められた。

ヴァージニアの人たちはひどく困窮していたので、短期間に大いに助けてあげることができたし、神の思し召しでデ・ラ・ウェア男爵〔初代ヴァージニア総督。トマス・ゲイツは男爵が来るまでの代理総督〕がいらっしゃるまで蓄えをもたせることができた。ヴァージニアまでの輸送や保管がもっとうまくできたら、もっとよい供給ができたことだろう。だからこの島について率直な意見を言えば、現在に至るまでずっと最も危険で不幸な、世界の果てにある場所とされてきたものの、実際は人が足を踏み入れたなかでも実に豊かで健全で（その収穫量の規模を考慮すれば）心地よい島であり、実に自然なのだ。具体的にどれほどの利益や利点があったかは、そこにいた者なら真実として証言できるだろう。

一六〇九年七月二十八日（嵐の激しさが幾分おさまったとき）、我々はバミューダの岸に辿（たど）り着いた。我らが総督サー・トマス・ゲイツ、サー・ジョージ・サマーズ提督、そしてニューポート船長の慎重な判断のもと、全員が上陸し、船の蓄えも、完全にだめになっていないものをそれぞれが探し出し、救いとしたのだ。苦境に慣れていたサー・ジョージ・サマーズは（事態をよく理解し）躊躇（ちゅうちょ）せず早急に手を打って、全員の一日分に足りるだけの大量の魚を捕獲した。魚は豊富で、海に入ればまとわりついてくるほどだった。咬（か）まれはしないかと、水から逃げ出すほどだ。そうした魚はとても肥えていておいしく、三尾もあれば二人分の食事は間に合った。これらはメバルという魚だ。ほかにもボラが大量にいて、一回の引き網で一千匹は捕れた。ヨーロッパマイワシも無尽蔵で、名前もわからない魚もたくさんいた。ザリガニは大量にいて、一晩明かりを灯（とも）して捕まえれば、仲間全員を食べさせるのに十分なほど捕れた。

豚も大量にいて、最初に豚狩りに出たサー・ジョージ・サマーズは、一度に三十二頭捕まえ、自分で作ったボートで運んできたのである。島には鳥も豊富に繁殖しており、二、三時間で少なくとも一千羽は捕まえられた。立派な鳩ぐらいの大きさの鳥で、鶏の卵と同じぐらいの大きさの卵を砂に産むのだ。人間が近くに坐っていようとおかまいなしに卵を産んでいくので、ある朝、サー・トマス・ゲイツの部下たちは一千個もの卵を持ち帰ったし、サー・ジョージ・サマーズの部下たちはそのしばらくあとに行って、近くで卵を産むのを待って、同じぐらいの数の卵とともとても肥えておいしい雛（ひな）をたくさん持ち帰ってきた。別の海鳥は、ウサギの穴のような小さな穴に隠れ、大量にいて、とても肥えておいしい肉となった（冬のあいだに捕獲した）。その卵は白く、鶏の卵と見分けがつかない。ほかの鳥の卵には斑点があり、色もちがった。鷺があまりに大量にいて、石や板で叩き落とせるほどだった。それは羽が黒や灰色の幼い鷺だ。ほかに白い鷺も多くいた。ほかの小鳥はあまりに人懐っこく、森に棒を持って入り、口笛を吹いてやるとすぐ近くに来るので、棒でたくさん叩き殺せた。歌ったり呼び寄せたりしても同様である。

亀（海亀と呼ぶ者もいた）もたくさんいて、大量の卵を腹に抱えたものもあり、この卵が鶏の卵よりもずっとおいしかった。亀自体もおいしく、大量の油が採れ、バターのようにとろりとしていた。一匹で少なくとも五十人分の食事になった。これが一日に二艘のボートで優に四十匹も大量に捕れた。木の実も多種あり、ウチワサボテンの実は年中緑のまま大量に生っていたし、白や赤の桑の実もどっさりあった。蚕もたくさんいて、荒かったり細かったりする白や黄色の絹の糸を吐いた。

ヤシの木もあり、とても甘い実をつけ、豚の主食となったが、仲間たちはこれが甘いと知ると、豚と一緒になって食べ、あまりにおいしくて栄養があるので、パンも要らなくなるほどだった。これがきっかけで我々はヴァージニア植民地のための食料備蓄を始めたのだった。ヤシの木の上部は生でも煮てもおいしく食べられ、二十ポンドほどの芽が採れ、キャベツよりずっとおいしい。ビャクシン〔シダー〕の木も無数にあり（世界一美しい種類だと思う）、とても甘い実をつけ、食べられる。

ここには（私や仲間が見たかぎり）害獣はおらず、ドブネズミやハツカネズミなどの不快な生き物もいない。真珠がたくさんあり、とても美しく、丸く、東洋的なものもある。一つのカキの中に少なくとも百もの真珠の種が見つかる。同様にアンバーグリス（龍涎香）も最上級のものが多く採れる。鯨が豊富で、私の見たところ、何気なく岸に近づいているのですぐ殺せると思う。夜寝ていると鯨の声が聞こえ、日中は岸近くにたくさんいるのだ。

バミューダ諸島滞在中に、仲間に二人の子供が生まれ、一人は男児でバミューダズ、女児はバミューダと名付けられた。二組のイングランド人カップルもこの島で生まれた。多くの砕けた島が隣接するこの主たる島はふっくらした半月の形をして、たくさんの島に分かれており、船を留めるに適した場所が多数ある。とりわけ船を常置しておき、そこから出ていくのに適した場所が見つかった。完全に危険がないわけではなく、入り口部は水深三ファゾム〔五・四九メートル〕だが、なかは少なくとも、六、七ないし八ファゾムはあり、そこにあらゆる悪天候を避けて安全に船を留め、木々につないでおくことができる。入るときは狭く、岩のあいだを抜けなければならないため、武器があまりなくとも、ヨーロッパ最強の王の軍隊が相手でも守り抜くことができる。そういう地の利がある。

鷹も多く、とてもうまいと思うタバコもあったが記すのを忘れていた。

さて、この島でデリヴァランス（救出）号とペイシャンス（忍耐）号と名付けられた帆船が新たに造られ、装備も整い、ヴァージニアへ向けての出発の準備がなされた。植民地での食料用の豚肉に塩を振り、保存がきくようにしたが、このために塩を作らなければならなかった。

岸に到着したとき持っていた塩は使い切ったりだめになったりしていたのだ。揚げたり焼いたりするのに便利で、おいしくて栄養のある亀の油もたっぷり用意した。

なくて最も困ったのは造船に必要なタールやピッチだ。代用として硬い石灰岩を用いた。それと、何かの難破で海に浮遊していた蠟（ろう）を混ぜて、サー・ジョージ・サマーズの造った帆船の継ぎ目ふさぎをした。タールもピッチも用いずに水漏れしないようにできたのだ。こうして神は我らの欠乏を大いに満たし、予定どおりヴァージニアへの旅ができるよう常に慈悲心をお見せになった。その旅もどうかお見守りくださいますようと、心から敬虔（けいけん）な気持ちで祈った。

準備が万端整い、順風となって、一六一〇年五月十日にバミューダ諸島を出帆し、同月の二十四日ヴァージニアのジェイムズタウンに到着。そこには六十人ほどの人が暮らしていた。そしてそこで三週間ほど過ごしても、何の供給の知らせもなかったため、今現在いる二百人の命を守るための最善の対策として帰国することが同意された。こうして一六一〇年六月八日、十四日分の食料しかないままジェイムズタウンを出航し、ニューファンドランド島へ針路をとった。そこで息をついて、食料を補給して帰国しようというのだ。しかし神はよりよい手段を与えてくださった。四艘の帆船でジェイムズタウンを出て、川を半ばも進まぬところで、デ・ラ・ウェア男爵率いる三艘の船に出会ったのだ。食料を十分に積んでいて、全員を生き返る思いにさせ、ほっとさせてくれた。

数日後、男爵はバミューダ諸島に豚と魚が豊富にあると知って、そこに人をやって植民地と自分の部下の食料用にとってこさせようとした。するとサー・ジョージ・サマーズが最もその地理に詳しく、王と国家のために尽力を惜しまなかったため、自らの私欲を顧みずに、少なくとも六十歳になっていたと思うが、その立派で勇敢な心根から、ヴァージニアの人々の安寧のため、そして植民地の繁栄のため、バミューダへの危険な旅を買って出て、デ・ラ・ウェア男爵はこれをありがたく受け入れた。こうして六月十九日、サー・ジョージ・サマーズは自らバミューダで造った三十トンほどの小さな平底船〔ペイシャンス号〕でジェイムズタウンを出航した。その船を彼は、朝から晩まで金で雇われた労働者のように勤勉に、シダーの木だけで、竜骨を床板に固定するボルト一本のほかは鉄を一切使わずに造ったのだ。それにも拘わらず、神のおかげで、船は我々を無事にヴァージニアへ届けてくれたのだから、今度も彼は私たちを助けるために無事に行って帰ってきてくれるものと信じている。

バミューダ諸島は北緯三十二・五度に位置し、ヴァージニアはそこからまっすぐ西北西へ三十リーグ進んだところにある。

完

訳注：サー・ジョージ・サマーズは、この最後の航海中に病に倒れ、一六一〇年十一月九日、バミューダ諸島にて五十六歳で亡くなった。バミューダ諸島は氏にちなんで「サマーズ島」と命名された。

原書は二十四ページの小冊子で改行が一切なく、ブラックレターで印刷されているが、翻訳では読みやすさのために適宜改行を挿入した。

ジョン・フローリオ訳のモンテーニュ「人食い人種について」抄訳

シェイクスピアは、本作執筆に当たり、ミシェル・ド・モンテーニュ（一五三三～九二）著『エセー』（『随想録』、初版一五八〇）第一巻第三十章「人食い人種について」を参照したことが知られている。モンテーニュのフランス語の翻訳はすでに宮下志朗（みやしたしろう）氏をはじめ各種の訳が出ているが、シェイクスピアが参照したのは当時の翻訳家・作家・詩人・言語学者ジョン・フローリオによる英訳（一六〇三）であるので、ここにそのフローリオ版から抄訳する。F・O・マシーセンは、フローリオの文体とシェイクスピアの文体の類似を指摘している（Francis Otto Matthiessen, *Translation: An Elizabethan Art* (Cambridge, Mass.: Harvard University Press, 1931), pp. 162-5)。

ジョン・フローリオ（一五五二～一六二五）は、イングランドに亡命したプロテスタントのイタリア人ミケランジェロ・フローリオの息子であり、父は国王秘書総督や大蔵卿（きょう）を歴任したバーリー卿ウィリアム・セシルの屋敷に入り、レイディ・ジェイン・グレイや第二代ペンブルック伯ヘンリー・ハーバートのイタリア語講師を務めた。息子のジョンは、セシルの尽力を得てオックスフォード大学で学んだのち、ジェイムズ一世の宮廷でヘンリー王子の語学教師を務め、シェイクスピアのパトロンである第三代サウサンプトン伯爵ヘンリー・リズリーの家庭教師となり、普段からリズリーと行動を共にしていた。フローリオの書いたイタリア語教科書

(Florio, *Second Fruits*, 1591）の第二章に芝居見物に出かけたりテニスをしたりする三友人の会話（伊英対訳になっている）があり、その三友人のうちジョンはフローリオを、ヘンリーはリズリーを指すという説もあるが、実際にそのような会話を交わしていたかどうかはわからない(Frances A. Yates, *John Florio: The Life of an Italian in Shakespeare's England*（Cambridge: Cambridge University Press, 1934), pp. 125-6)。

最初の作品『初めての果実（*First Fruits*)』（一五七八）はレスター伯ロバート・ダドリーに捧げられており、道化役者リチャード・タールトンをはじめとするレスター伯一座の劇団員四名が献辞を記している。晩年フローリオは、シェイクスピアのファースト・フォーリオの献辞に名を挙げられた人物である第三代ペンブルック伯ウィリアム・ハーバートのパトロンを得た。

英国初の本格的伊英辞典の編纂者でもあり、ボッカチオを最初に英訳したことでも知られる。劇作家ベン・ジョンソンや哲学者ジョルダーノ・ブルーノと交友があったが、シェイクスピアと個人的な知り合いであったかは不明。ベン・ジョンソンが『ヴォルポーネ』初版本（一六〇七）内表紙に「愛する父にして立派な友、ジョン・フローリオ氏、彼のミューズの助け手へ捧ぐ。ベン・ジョンソンは友情と愛をここに語る」と直筆で記したものが大英図書館に現存する。

翻訳の底本としたのは、Tudor Translation シリーズに収められた *The Essays of Montaigne, done into English by John Florio, anno 1603, with an Introduction by George Saintsbury, The First Book*（New York: AMS Press, 1892; rpt. 1967）である。

〔……〕（〔新大陸の住民について〕私が聞き及んだかぎりにおいて）、この人たちには野蛮だとか未開だとかいったところは見受けられない。自分たちとちがうところを野蛮と呼ぶなら話は別だが。実のところ、我々が目指す真実や理性といったものは、自分が住んでいる国の意見や習慣の実例や概念にとどまるものでしかない。彼の国には、それは完璧な宗教があり、完璧な政治があり、あらゆることが完璧に行き届いて行われている。彼らを野蛮だと言うのは、自然それ自体がその当たり前の過程で生み出した果実を野生と呼ぶに等しい。ところが実際、我々が人工的な手を加えて変化させ、その自然な秩序から逸脱させてしまったものをこそ、野蛮と呼ぶべきなのである。彼らには、真実の本当に実り豊かな美点があって、自然の特質が生き生きと活気づいているのに、我々が質を悪化させたものは我らの腐敗した好みに従わせているにすぎない。しかも、決して栽培されない彼の国のさまざまな果実は、我々の果実と比較しても実に優れており、我々の味覚にも美味と感じられるものなのだ。人工が偉大で力強い母である自然よりも名誉を勝ち得るなどという理はない。我々は自然の生み出したものの美や豊かさを、自らの考案によって盛り過ぎてしまい、すっかり自然を窒息させてしまっているのだ。ところが、自然の純真さがまだ輝いているところでは、我らの虚栄に満ちたつまらぬ試みなど、驚くほど恥を知ることになる。

そして蔦(つた)は勝手にぐんぐんと生長し、
人の来ぬ土地では一層美しい木々が生え、
鳥たちは、巧(たく)まずしてずっと美しくさえずる。

Et veniunt hederae sponte sua melius,
Surgit et in solis formosior arbutus antris,
Et volucres nulla dulcius arte canunt.

プロペルティウス『エレギア』第一巻、二の十

我々がどんなに努力しようと頭を働かせようと、極小の小鳥の巣やちっぽけな蜘蛛(くも)の巣の構造、美、利点、機能を再現するのは無理である。「あらゆるものは」(とプラトンは言う)「自然か、偶然か、人工によってつくられる。最も偉大で美しいものは、最初の二つのどちらかによって生まれ、最もつまらぬ不完全なものは最後のものによって生まれる」。つまり、件(くだん)の民族が私にとって野蛮と感じられるのは、彼らが人間の知恵からほとんど何も受け取ることなく、その原始的状態に近いからだと思われる。自然の法則がいまだに彼らを支配しており、我々の法に歪(ゆが)められておらず、あまりにも純粋であるがゆえに、もっと早く、我々よりも優れた判断のできた人たちの時代に、このことが知られていればよかったのにと残念に思うことがある。リュクルゴス〔スパルタ教育で知られる古代スパルタの国制を作ったとされる伝説的立法者〕やプラトンがそれを知らなかったのが悔やまれるのだ。と言うのも、これらの民族に我々が実際に見るものは、自由奔放な詩が誇らしげに黄金時代を飾り立てるイメージや、人間の幸福な状態を作り出す奇想といったものを完全に凌駕(りょうが)するばかりか、哲学的概念や願望をも超越しているか

らである。リュクルゴスやプラトンには、こうして我々が実際に目にしているような、純粋にして素朴な純真さを想像することもできなかったのだ。しかも、これほど巧まずして、人々の結びつきがなくても、社会が維持できるとは思わなかったのである。私はプラトンにこう応えてやりたい。「この国には、いかなる商売もなく、文字も知らず、数の知識もなく、役人や偉い政治家もおらず、誰かに仕えることもなく、貧富もない。契約、相続、区分け、職業もなく、皆ぶらぶらしている。親族という概念はなく、皆等しく、自然な恰好しかしない。土地を耕すことはなく、ワイン、小麦、金属もない。嘘、虚偽、裏切り、欺瞞、貪欲、嫉妬、悪口、赦しといった言葉は、一切聞かれることがない」と〔このフローリオの英語表現のうち、シェイクスピアがそのまま採用した箇所を太字にして記す。58ページ注1参照――hath **no kinde of traffike**, no knowledge of **Letters**, no intelligence of numbers, **no name of magistrate**, nor of politike superioritie; no **use of service**, of **riches** or of **povertie**; no **contracts**, no **successions**, no partitions, **no occupation** but **idle**; no respect of kindred, but **common**, no apparel but natural, no manuring of lands, no use of **wine, corne,** or **mettle**. The very words that import lying, falsehood, **treason**, dissimulations, covetousness, envie, detraction, and pardon, were never heard of amongst them. 因みにモンテーニュの言葉遣いはil n'y a aucune espèce de trafique など微妙に異なっている〕。プラトンは、自分が想像した国家が、この完璧さからどれほど離れていると思うことだろう？

〔……〕彼らの暮らしぶりと我々のそれとのあいだには驚くべき距離がある。彼らは一夫多妻で、勇者としての誉れが高ければ高いほど、妻の数が多い。その結婚のやり方や美しさは、実に異様で注目に値する。と言うのも、我々の女たちは自分の夫をほかの女の愛や好意から遠ざけようとするのに対して、ここでは夫がそれを手に入れるようにと努めるのだ。夫の名誉と満足をこそ何よりも大事にするからだ。できるだけ恋敵が多くなるようにと全力を尽くすのも、それが夫の美徳の証となるからにほかならない。わが国の女性であれば仰天するだろうが、ここではそうなのだ。これはきちんとした婚姻による美点だが、最高の美点である。聖書に於いても、レア、ラケル、サラ〔「創世記」16〕、そしてヤコブの妻〔前述のレアとラケルのこと、「創世記」29–30〕たちは、自分たちの最も美しい処女の召し使いたちを夫のベッドへ差し出した。そして、リウィアは自ら大きな不利益を引き受けて、アウグストゥス帝の性欲を支持した。そして、デイオタルス王の妻ストラトニケは、自分に仕える最も美しい侍女を夫のベッドに差し出したのみならず、侍女が産んだ子たちを大切に育て、あらゆる手段を尽くして、父の王位を継げるように尽力したのである〔プルタルコス、アミヨ訳『モラリア』「烈女伝」２５８ページ〕。

〔……〕

どれもさして悪い話ではない。だが、それがどうしたというのだ。彼らはズボンもはいていないのである。

訳者あとがき

『テンペスト』は最初で最後の特別な劇である。最初というのは、一六二三年刊行のシェイクスピアの最初の一巻本全集、ファースト・フォーリオ（以下「フォーリオ」と呼ぶ）の筆頭に掲載された劇だからであり、最後というのはシェイクスピアが単独で書いた最後の作品だからである。

なぜ『テンペスト』がフォーリオの筆頭に置かれたのだろうか。言い換えれば、フォーリオを編纂（へんさん）したジョン・ヘミングとヘンリー・コンデルは、なぜ『テンペスト』を特別視し、記念すべき最初のシェイクスピア全集の巻頭を飾るにふさわしい作品と考えたのだろうか。

ヘミングとコンデルは、フォーリオの巻頭の献辞のすぐあとに「読者諸賢へ」と題した文章を掲げ、そこに「読んで、批判してください。是非。しかし、まずはお買い求めください〔……〕ともかく、何にせよ、買ってください」と書いており、書店で購入を検討する読者が最初に目を通すであろう作品として『テンペスト』を選んだと言えそうだ。若い頃の未熟な作品ではなく、成熟した巨匠の最後の単独作をこそアピールすべきと判断したのだろうか。しかも、本作は他作品よりも丁寧に編纂がなされ、幕場割が正確になされ、シェイクスピアの劇には珍しくト書きが異様に詳しい。こんなにテクストが整っているのは、どうやらシェイクスピアの直筆台本からではなく、劇団専属の筆耕ラルフ・クレインが清書したものを使ったためだろうというのがシェイクスピア学者らの一致した見解である。

ご丁寧に登場人物表まで付いている（ほかにフォーリオで登場人物表が付いているのは、『ヴェローナの二紳士』、『尺には尺を』、『冬物語』、『ヘンリー四世』第二部、『アテネのタイモン』、『オセロー』のみ）。しかも、これほどト書きが詳しい作品はほかに——ジョン・フレッチャーと共作した『ヘンリー八世』を例外として——シェイクスピアにはない。

読者への便宜を考えても、『テンペスト』は一推しだったのかもしれない。フォーリオに於いて『テンペスト』が特別な作品として扱われていることは看過すべきではないだろう。

『テンペスト』の特殊性ということを考えるとき、そのテクストの特殊性も問題になる。クォートで出版されたことがなく、フォーリオにしかテクストが残っていないため、フォーリオのテクストの特性に注意しなければならない。

特に気になるのが括弧の使い方だ。たとえば、第一幕第二場でプロスペローが昔語りをする際に、ミランダに「聴いているか」と繰り返し尋ねているが、その最初の問いだけが括弧に入っているのは、そこだけ声の調子を落とすなどして、台詞（せりふ）のトーンを変えるのではないだろうか。もしそうなら、単なる繰り返しにならないような工夫がなされていたことになる。

E・K・チェインバーズはシェイクスピアの括弧の用法について次のように記している。

括弧は基本的に文の流れを区切る何かを含んでいる。傍白や言い直しなどのような何らかの意味合いを加える機能がある。修辞的で、そこには口調の変化があると考えられる。但し、シェイクスピアに於いてはかなり広範に用いられており、単にコンマの代わりとなることもあり、呼びかけ、叫び、短い言い換え、形容詞的ないし副詞的表現といったものを表すのにも使われている。（*William Shakespeare*, I, p. 196）.

括弧に入れられた言葉は、トーンを落としたり、口調を変えたりして言うものと考えてテクストを読み直すと、すべてに於いて腑に落ちる。そこにはシェイクスピアの劇的な意図がこめられているのではないだろうか。

シェイクスピアの括弧の使用法については、「括弧は口調の変化を指し示す、役者への話し方の指示となっている可能性がある」とするアシュリー・ソーンダイクの研究があり、彼がフォーリオに所収された作品について、クォート再版の作品を除外してリスト化したものがあるので（Ashley H. Thorndike, 'Parentheses in Shakespeare' *The Shakespeare Association Bulletin* 9.1 (1934): 31-7, p. 33）、それに彼が除外した作品も補って、クォート（Q）での使用回数も付記し、括弧の使用頻度順に並べてみると次のようになる。

『冬物語』369（Fのみ）　『ヘンリー六世』第一部41（Fのみ）
『ヘンリー四世』第二部259（Q54）　『ジョン王』39（Fのみ）

『ウィンザーの陽気な女房たち』219（Q0）
『シンベリン』158（Fのみ）
『オセロー』138（Q8）
『ヴェローナの二紳士』129（Fのみ）
『ヘンリー八世』117（Fのみ）
『テンペスト』97（Fのみ）
*『リチャード二世』73（Q44）
*『リチャード三世』73（Q20）
『尺には尺を』73（Fのみ）
『コリオレイナス』59（Fのみ）
『トロイラスとクレシダ』51（Q34）
*『夏の夜の夢』46（Q46）
『ヘンリー六世』第三部45（Q0）
『アントニーとクレオパトラ』45（Fのみ）
*『恋の骨折り損』44（Q47）
『ハムレット』43（Q13）
『ヘンリー五世』39（Q0）
『アテネのタイモン』33（Fのみ）
『お気に召すまま』32（Fのみ）
『十二夜』32（Fのみ）
*『ヘンリー四世』第一部32（Q15）
『ジュリアス・シーザー』32（Fのみ）
『リア王』30（Q4）
『マクベス』26（Fのみ）
*『から騒ぎ』23（Q21）
『じゃじゃ馬馴らし』19（Fのみ）
*『タイタス・アンドロニカス』19（Q12）
『ヘンリー六世』第二部16（Q0）
『まちがいの喜劇』15（Fのみ）
*『ヴェニスの商人』14（Q17）
*『ロミオとジュリエット』14（Q8）
『終わりよければすべてよし』13（Fのみ）

*がついているものはQの再版としてソーンダイクが除外した作品。

括弧の使用回数が異様に多い最初の7作品について、ソーンダイクは、これらの括弧はシェイクスピア以外の人の手に拠るものであることは明らかだとしている。たとえば『ヘンリー四世』第二部について言えば、クォートの54件の方がシェイクスピアのオリジナルの原稿の特徴をよりよく示すものであり、そのうち39件はそのまま維持されているが、新たに220件を加えたのはシェイクスピア以外の人物だろうと言うのである。さまざまな研究を総合して結論すると、フォーリオに於ける括弧の使用は恐らく清書を用意した筆耕ラルフ・クレインによるものと考えられる。ちなみに、括弧を加えたのは植字工ではないかという説に関しては、私自身もチャールトン・ヒンマンによるファクシミリ第2版にピーター・ブレイニーが附したフォーリオ植字工の分担表（The Norton Facsimile, *The First Folio of Shakespeare, prepared by Charlton Hinman*, 2nd edition, 1996, p. xxxv）に従って、『テンペスト』を組んだ植字工B、C、Fのページごとの比較研究をしてみたが、やはり「『テンペスト』に於けるとても奇妙な括弧の使用」が気になったというフランク・カーモード（アーデン2版）が、植字工ごとの括弧の使用頻度を比較して出した結論（p. lxxix.）と同様に「植字工は〔原稿にある括弧を〕複写している」と言わざるを得ない。これはアーデン3版も追認している点である（p. 127）。

劇団専属の筆耕ラルフ・クレインが清書を行っていたという定説に基づき、フォーリオの括弧はクレインの文体を示すものとしてこれまで重視されてこなかったが、クレインがシェイクスピアの原稿にさらに括弧を書き足したとしても、それはシェイクスピア自身が括弧を意図的に用いていたことを否定するものではないのではなかろうか。

前記のリストが示唆するのは、やはりチェインバーズやソーンダイクが指摘したように、シェイクスピア自身が演劇的な意味をこめて括弧を使用していた事実であるように思われる。もしシェイクスピアが、演劇的な意味をこめて括弧を使用したのだとしたら、現代の慣用に合わないからと言ってそれを無視してしまってよいのだろうか。それに、クレインが加えた括弧もあるとしても、それは稽古や初演を見ているクレインが劇の内容を理解したうえでさらに書き足したり修正したりしたものと考えてよいのではないだろうか。以上のような考察の末、本書では、括弧つきのものはすべてそのまま括弧つきで訳出することにした。一般読者には読みづらいかもしれないが、役者の朗誦法を指示する脚本になっているように思う。

役者の朗誦法を指示するシェイクスピアの書き方に、もう一つ、シェアード・ライン（15ページ注5参照）がある。本書ではとりわけ第一幕第二場でのシェアード・ラインの使用回数があまりにも多い。そこで、ジョン・ジュエットやゲイリー・テイラーらが編纂した新オックスフォード・シェイクスピア全集の Critical Reference Edition（二〇一六～七）に基づいてシェアード・ラインの使用頻度を算出し、シェイクスピア全41作について多い順に並べてみると次ページのようになる。41作というのは、新オックスフォード全集が新たにシェイクスピア作と認定して所収した『フェヴァシャムのアーデン』が加わっているからである。同全集はトマス・キッド作『スペインの悲劇』の加筆部分もシェイクスピアの筆と認めているが、この加筆は後からの改訂と思われるので、この表には加えていない。なお、シェイクスピアが執筆チームの一人と推定され、シェイクスピアの直筆原稿が残るとされる『サー・トマス・モア』は、新オックスフォード全集は作品全体を掲載していないため、掲載した二〇〇五年のオックスフォード・シェイクスピア全集第2版から算出してこの表に加えた。

『アントニーとクレオパトラ』486回
『シンベリン』414回
『二人の貴公子』409回
『ヘンリー八世』397回
『コリオレイナス』371回
『冬物語』331回
『オセロー』280回
『マクベス』251回
『リア王』240回
『テンペスト』226回
『ハムレット』188回
『終わりよければすべてよし』161回
『アテネのタイモン』148回
『ジュリアス・シーザー』140回
『尺には尺を』139回
『リチャード三世』74回
『ジョン王』64回
『十二夜』55回
『じゃじゃ馬馴らし』49回
『ヘンリー四世』第一部44回
『リチャード二世』43回
『お気に召すまま』39回
『ヴェローナの二紳士』38回
『ヘンリー四世』第二部38回
『夏の夜の夢』35回
『から騒ぎ』33回
『ヘンリー五世』30回
『タイタス・アンドロニカス』24回
『ヘンリー六世』第二部20回
『まちがいの喜劇』17回

『トロイラスとクレシダ』127回
『ペリクリーズ』123回
『ヴェニスの商人』83回
『サー・トマス・モア』81回
『ロミオとジュリエット』80回
『恋の骨折り損』78回

『ヘンリー六世』第一部16回
『ヘンリー六世』第三部15回
『エドワード三世』11回
『ウィンザーの陽気な女房たち』11回
『フェヴァシャムのアーデン』7回

　初期の歴史劇や喜劇ではそれほど使用されなかったシェアード・ラインが、後期の作品になるとかなり頻繁に使われるようになっている。特にスペクタクル性の高いローマ史劇と後期ロマンス劇では圧倒的な頻度となっており、『テンペスト』については四大悲劇と同等の頻度となっていることがわかる。

『テンペスト』は作品として10番目に位置するが、場面ごとに見た場合、『テンペスト』第一幕第二場でのシェアード・ラインの使用回数88回は突出しており、これを超える場面はほかにない。次点は『シンベリン』第五幕第六場の86回、次々点が『冬物語』第四幕第四場の85回、4位が『シンベリン』第四幕第二場の77回、5位が『コリオレイナス』第三幕第一場の70回である。後期の劇の特徴の一つがここにあると言えそうだ。

　なお、どこをシェアード・ラインと認定するかは編者によって異なるため、使用する版が異なると数に多少の異同が生じる。George T. Wright, *Shakespeare's Metrical Art* (Berkeley and

Los Angeles: University of California Press, 1988）の Appendix C: Short and Shared Lines に微妙に数値の異なる表が掲載されているので参考にされたい。

執筆年代

一六一一年十一月一日（万聖節）の夜、ホワイトホール宮殿にてジェイムズ一世の御前で国王一座によって『テンペスト』が上演されたことが宮廷祝典局の会計記録に記されており、これは初演に近い上演であっただろうと考えられている。オックスフォード版編者スティーヴン・オーゲルは、執筆時期を一六一〇年末から一六一一年前半と推定する。すなわち、種本の一部となったシルヴェスター・ジュアデインの手記が刊行された一六一〇年十月以降――一六一〇年七月十五日付のストレイチーの手記も恐らく回覧されていた頃――に執筆が始められ、一六一一年夏頃にグローブ座で初演、同年秋頃に室内劇場であるブラックフライヤーズ劇場で上演されたのちに宮廷上演となったのではないかと推測できる。

種本・題材

一六〇九年七月のバミューダ海域遭難の二つの手記の記述が利用されただろうとされている。訳を本書に掲げたので、154ページ以降を参照されたい。

第二幕第一場のゴンザーローの国家論は、モンテーニュ『エセー』の第三十章「人食い人種について」のジョン・フローリオの英訳に基づいている。詳細は本書172ページ以降を参照されたい。

プロスペローが第五幕第一場で魔法の円陣を描く際の呪文は、オウィディウスの『変身物語』第七巻のメデイアの呪文のアーサー・ゴールディング訳の表現をそのまま使っている。また、怪鳥ハルピュイアの登場する場面には、この怪鳥が登場するウェルギリウス『アエネーイス』の影響があると指摘する声もある。

また、ドイツの劇作家ヤーコブ・アイラー（一五四三頃〜一六〇五）の劇『美しきジデア姫』（初版一六一八）との類似も指摘されている。この劇の梗概を以下に記しておく。

第一幕で、公位を奪われ、自分の公国から追放されたルドルフ公爵が、娘ジデアとともに登場するが、その手には白銀の魔法の杖があり、公爵は精霊を呼び出して復讐をするのだと語る。杖で輪を描いて呼び込むと、火を吐く悪魔が出て来る。ランシファルという名のその精霊は「お前のせいで休むことができない」と文句を言いつつ、「何をしてほしいのか」と尋ねる。公爵は「敵に復讐ができるか」と尋ね、精霊は「おまえは敵の息子を捕まえ、召し使いにするだろう。その息子は長いあいだ悲惨な目に遭ったあげく、自分の父の家へ戻り、おまえも名誉を回復し、幸福が取り戻せるだろう」と告げて消える。第二幕、公爵から公位を奪った敵ルードガストが狩猟中、その息子エンゲルブレヒトは皆とはぐれて森に迷い込む。そこへ魔法の杖を持った公爵が登場し、若き王子に降伏を命じる。王子は毅然として剣を抜くが、魔法をかけられて剣をとり落とし、体の力が抜けるのを感じる。公爵は王子を下男並みにこき使ってやると言い、娘のために丸太を運べと命じる。第三幕、最初は敵対する王女として王子を蔑んでいたジデア姫も、王子の働く様子を見て彼を愛してしまい、結婚してくれたら逃がしてあげると申し出る。そこへ精霊ランシファルが登場し、「このことは、おまえの親父さんに言いつけてやる」と言うが、ジデア姫が魔法の杖を使うとランシファルは口がきけなくなってしまう。第四幕、王と貴族たちは、行方不明の王子の捜索を続けている。ぼろ服を着てジデア姫とともに森をさまよっていた王子は、父王に保護される。王子は記憶を失い、親が用意した別の娘と結婚しかけるが、ジデア姫が魔法の飲み物を飲ませ、記憶と愛を取り戻す。最後に二人の父親たちは和解する。

　類似点が多いが、二つの作品の関係性は明らかになっていない。アイラーは一六〇五年に没したとされるので、アイラーが『テンペスト』を真似たのではなく、『美しきジデア姫』のほうが古いと考えられる。ドイツに巡業に出た劇団員が『美しきジデア姫』を見て、その内容をシェイクスピアに伝えたのかもしれないが、詳細は不明である。

　シェイクスピアが活躍中の一五九〇年代、人食い人種が登場する芝居がグローブ座でかかっていた。シェイクスピアの劇団・宮内大臣一座のレパートリーにあった超人気喜劇、作者不明の『ミュセドーラス』(*Mucedorus*) である。森に棲(す)む、人食いの野蛮人ブレモが登場し、王女を捕らえて食おうとするが、その美しさに打たれて、愛してもらおうとしてこんな台詞(せりふ)を言う。

　おまえにはウズラやヤマウズラを食べさせてやるよ。
　クロウタドリにヒバリに、ツグミにナイチンゲールもやろう。

飲み物にはヤギのミルク、そして澄んだ水を
一番きれいな泉から汲んできてやる。
それから森から採れる一番おいしいものを
何だってあげるよ、愛してもらえるなら。
〔……〕
おまえが起きたら、森の小道に花を撒いてやろう。
スミレに、カウスリップに、すてきなマリーゴールド。
それを踏んで歩いておくれよ。
鹿の殺し方も教えてやろう。
雄鹿の捕まえ方、ノロジカの追い立て方も教えてやる。（第四幕第三場）

このあとブレモは、変装して王女を助けに来た主人公ミュセドーラスに殺されてしまうのだが、このブレモの台詞には第二幕の最後でキャリバンがステファノーらに申し出る台詞を思わせるところがある。キャリバンはミランダを犯そうとはしても、ブレモのように食おうとはしていないわけだが、キャリバン（Caliban）という名前は人食い人種（cannibal）ないしカリブ（Carib）に掛けてあるという説も根強い。キャリバンの名前の由来やその歴史的文脈については、アルデン・T・ヴォーン、ヴァージニア・メーソン・ヴォーン共著『キャリバンの文化史』本橋哲也訳（青土社、一九九九）の第二章「歴史的コンテクスト」に詳しい。

さらにもう一つの題材として、ブロウは、ウィリアム・トマス著『イタリア史』（一五四九）の次の記述をシェイクスピアは読んだであろうとしている（VIII: 249）。すなわち、ジェノヴァ公爵プロスパー・アドルノ（Prosper Adorno）が一五六一年に敵に公爵位を奪われ、十六年後にミラノ公爵代理として返り咲くという話があるのだ（プロスパーとプロスペローという呼称の互換性については本書71ページ注3参照）。プロスパーは保身のためにナポリ王ファーディナンドと手を結ぶ。また一四九五年という少し前の時代には、ナポリ王アルフォンゾがミラノ公爵の娘と結婚し、ナポリを息子ファーディナンドに譲り、やがてシチリア島に旅してそこで孤独に研究に没頭したという話もある。

ミラノ公爵をプロスペローと名付けたとき、シェイクスピアはこのジェノヴァ公爵プロスパーを思い出していた可能性はあるとブロウは続けながら、一五九八年にシェイクスピアが出演したことが知られる（主な出演者一覧にシェイクスピアの名前がある）ベン・ジョンソン作の『気質くらべ』（*Every Man in His Humour*）の登場人物にプロスパーとステファノーがいることも指摘する。ジョンソンは出版前に芝居の設定をフィレンツェからロンドンに移し、登場人物名も変更してしまったが、マスター・ウェルボーンがもとはプロスペローだったのだ。ちなみにシェイクスピアは主人公の父親ロレンゾー・シニア（ノウウェル）を演じたと推測される。

仮面劇との関連

本作には仮面劇（Masque）が導入されているとされる。当時は宮廷で宮廷仮面劇が頻繁に上演されており、その影響があったと思われる。美術家のイニゴー・ジョーンズらがデザインした豪華な衣装や大掛かりな装置を用い、ベン・ジョンソンら劇作家が書いた台詞をプロの役者が神話の人物などに扮して語ったり歌ったりして貴族たちを踊りに誘い、貴族たちも華やかな衣装に身を包んで登場人物に扮して踊るという趣向である。貴族たちの踊りはメインマスクと呼ばれ、それに先行してプロの踊り手や役者らが踊る滑稽な踊りはアンチマスクと呼ばれた。『テンペスト』にはメインマスクがないので、正確には仮面劇とは言えない。

仮面劇では仮面をつけた寓意的人物が登場することもあるが、貴族たちが仮面をつけることはまずなく、『ロミオとジュリエット』で描かれる仮面舞踏会（マスカレード）とは異なるので注意が必要である。Masque は仮面劇と訳されるものの、テューダー朝の宮廷仮面劇では衣装と踊りと装置が主たる要素となる。

たとえば、シェイクスピアが『テンペスト』執筆前に見たかもしれない宮廷仮面劇の一つ、ベン・ジョンソン作『キューピッドを探して（ハディングトン卿御婚礼の仮面劇）』の内容を見てみよう。一六〇八年二月九日（懺悔火曜日）、ハディングトン子爵ジョン・ラムジー（28歳）と第五代サセックス伯ロバート・ラドクリフの令嬢レイディ・エリザベス（14歳）の結婚を祝って上演されたこの劇では、新婦の旧姓ラドクリフに掛けた赤い崖（red cliff）を舞台とし、崖の上に広がる雲が音楽とともに消えて明るい空が開けると、鳩や白鳥に引かれた雲の車に乗ってヴィーナスが息子キューピッドを探しに宙に登場する。彼女に仕える三人のニンフらが、御婦人方の目や胸に恋が隠れてはいないかと歌う。その後キューピッドが登場し、十二人の奇妙な恰好をした少年たちとともにおかしな踊りを踊る（アンチマスク）。結婚の神ヒュメナイオスがキューピッドの手柄を称え、花嫁が赤い崖の処女であると宣告する。鍛冶の神ヴァルカンのかけ声とともに崖が二つに割れ、その向こうから直径十八フィートの回転する銀の円盤が現れる。その上の金色の十二の星座には踊り手の貴族十二人が各星座の神として美しい衣装を着飾って立っている（メインマスクの始まり）。その後ヴィーナスは車に戻って天に去り、ヴァルカンも去って、ヒュメナイオス神の僧侶の恰好をした黄色い服の歌手が祝婚歌を歌った後、いよいよ貴族らの踊りとなるという趣向。イニゴー・ジョーンズが装置をデザインし、作曲はアルフォンソ・フェラボスコ、振付はトマス・ジャイルズとヒエローム・ハーンが担当した。

イニゴー・ジョーンズとベン・ジョンソンの最初の共同作『黒の仮面劇』（一六〇五）は総費用三千ポンドという壮大なもので、舞台装置は四十平方フィート、高さ四フィートで、滑車により動く仕掛けであり、森が描かれた垂れ幕が落ちると、布で波の上下の動きを出す巨大な機械が嵐の海を現出する。波の上の奥に巨大な貝が口を開けて浮かんでおり、その中は四段になっていて、そこに十二人の黒のニンフがいるという趣向。アン王妃の「黒人になりたい」という願いに応えて書かれたもので、王妃以下十二人の淑女が顔と手と肘まで腕を黒く塗って、額・首・手首に真珠をつけて黒のニンフとなって踊った（作曲はアルフォンソ・フェラボスコ）。

一六〇六年一月五日、サフォーク伯の次女フランシス・ハワード（15歳）と第三代エセックス伯ロバート・デヴリュー（15歳）の結婚祝賀に宮廷で上演されたベン・ジョンソン作『ヒュメナイオスの仮面劇』（イニゴー・ジョーンズ美術、アルフォンソ・フェラボスコ音楽、トマス・ジャイルズ振付担当）では、結婚の神の礼拝壇の背後の巨大な地球が回転すると、その凹面に坐った八人の男性仮面舞踏者が現れ、四気質と四愛情を表現して踊る。やがて舞台上部の雲の部分が開き、二羽の孔雀、獅子、妖精らを従えて王座に坐るユーノー（ジュノー）が現れる。上には雷を振り回すユーピテル（ジュピター）がいて、下には天空色に着飾った八人の淑女が虹の神イリース（アイリス）とともに登場し、全員雲によってゆっくりと地面に降り、第二の踊りとなるという趣向があった。ジョンソンは『クロリディア』（一六三一）という仮面劇でも、天が開き、ユーノーとイリースが雲の中に現れるという趣向を使っている。

　ヘンリー王子がウェールズ皇太子となったのを記念して、一六一〇年六月五日宮廷にて上演されたサミュエル・ダニエル作の仮面劇『テーテュースの祭り』では、風神ゼフィロスをヨーク公爵チャールズが演じ、半人半魚のトリトンを貴族二人が演じるなどして役者は一切利用されなかった異例な劇だが、機械仕掛けで大きな建造物が現れ、水が噴き出して流れ、やがて建造物は消えて場面は森に変わるといった趣向もあり、「今の幻が礎のない儚い作り物であったように、／雲を衝く塔も、豪奢な宮殿も／厳かな寺院も、巨大な地球そのものも、／そう、この大地にあるものはすべて、消え去るのだ」というプロスペローの言葉を聞いて当時の貴人らはこうした大掛かりな仕掛けを思い出したかもしれない。極めて高価な仮面劇であり、装置と衣装を担当したイニゴー・ジョーンズに四百ポンドが貸し付けられ、服地商に六百六十八ポンド、女王の絹商人に千七十一ポンドが支払われた。

　衣装は当時かなり高価であり、ディムコウスキー（本書4ページ凡例参照）は、第一幕第二場でエアリエルが着用する海のニンフの衣装は一六一〇年五月三十一日（木）にテムズ川で開催されたアンソニー・マンデー作の宮廷余興『ヘンリー皇太子に捧ぐロンドンの愛』（*London's Love to the Prince Henry*）で使用されたものだとする説を紹介している（p. 156）。

これはヘンリー王子がウェールズ皇太子となるのを記念した野外劇（パジェント）であり、テムズ川にロンドン全組合員、市長、市議会員らが御座船にそれぞれの旗を掲げて乗り込み、鳴り物入りで王子を迎える趣向。王子が乗船の際、鯨に似せた小舟に乗った役者が水の精コリニアに扮して王子に挨拶（あいさつ）する。それから御座船の一団はテムズ川を進んでホワイトホールへ向かい、王子が下船の際にイルカに似せた小舟に乗った役者が竪琴（たてごと）の名手アムピーオーンに扮して挨拶した。この二人の役者は、マンデーが「当節最高の二人の完璧（かんぺき）な役者」と呼ぶ国王一座のリチャード・バーベッジとジョン・ライスであり、二人の豪華な衣装代に十七ポンド十シリング六ペンスがかけられた。このときの水の精の衣装（waterie habit）は、「真珠の小冠付き、貝殻で飾られた豪華で贅沢（ぜいたく）な水の服」と描写され、これが出演料の一部として国王一座に与えられたのである（Michael Baird Saenger, 'The Costumes of Caliban and Ariel Qua Sea-nymph', *Notes and Queries* ns. 42 (Sept. 1995): 334-6）。高価な衣装は劇団の重要な財産であり、上演で使用できるときは必ず使用したであろう。

上演

前述のとおり、国王一座により、一六一一年十一月一日、ジェイムズ一世の御前でホワイトホール宮殿にて上演された記録が最初のものであるが、恐らくグローブ座で初演され、ブラックフライヤーズ劇場でも上演されたと思われる。

一六一三年二月にエリザベス王女とプファルツ選帝侯フリードリヒ五世の結婚を祝って上演された三つの仮面劇――二月十四日にトマス・キャンピオン作『卿の仮面劇』、翌日ジョージ・チャップマン作『ミドル・テンプルとリンカーンズ・イン法学院の忘れがたき仮面劇』、二十日にボーモント作『イナー・テンプルとグレイズ・イン法学院の仮面劇』――と一緒に上演された多数の劇の一つが『テンペスト』だった。チャップマンの仮面劇が新世界のヴァージニア植民地からやってきた騎士たちが提供するという趣向になっていて、インディアンの奴隷に扮した人たちが多数登場したのも『テンペスト』のトポスを示すものだと、ジョン・ギリーズは指摘する（John Gillies, 'Shakespeare's Virginian Masque,' *ELH* 53.4 (Winter 1986): 673-707）。

王政復古時代には、ウィリアム・ダヴェナントとジョン・ドライデンによる改作『テンペスト、あるいは魔法の島』が人気を博し、トマス・シャドウェルが一七六三年にオペラ化すると、さらなる人気を博した。原作復活と宣伝された一七四六年ドルリーレイン劇場のジェイムズ・レーシーによる公演もシャドウェルの仮面劇を含んだものであった。このダヴェナント＝ドライデン版、シャドウェル版は十九世紀まで大きな影響を与え、シェイクスピアの原作で上演される場合も、派手な仕掛けや歌劇の歌などが利用されることが多かった。

エアリエルは妖精のイメージでとらえられ、女優の役とされたが、一九三〇年オールド・ヴィック劇場でジョン・ギールグッドがプロスペローを演じ、ラルフ・リチャードソンがキャリバンを演じた公演で、エアリエルは二世紀ぶりに再び男優の役となった（ダンサーのレズリー・フレンチ）。ジョン・ギールグッドは、一九四〇年にディヴァイン＝ゴーリング演出（オールド・ヴィック劇場）で再び同じ役を演じて威厳を深めたが、一九五七年のピーター・ブルック演出（シェイクスピア記念劇場とドルリーレイン劇場）で再度プロスペローを演じたときは、内面の暗さをもった複雑な人物として演じ、これ以降プロスペローは他の公演でも、自らの中に悪という複雑さを抱えた人物として表象されることが多くなっていく。

一九七四年ピーター・ホール演出によるナショナル・シアター公演（オールド・ヴィック劇場）ではプロスペローをこれまでの高尚な老人ではなく、知的で抜け目なく自己中心的な権力をふるう男として呈示しようとしてローレンス・オリヴィエに主役を求めたが、「喜劇仕立てにして最初の場面では髭を剃りながら娘に講義をするのだ」と説明を受けたオリヴィエはこれを断ったという。そこでホールはギールグッドに、芝居という煉獄をくぐり抜けるウィリアム・ブレイクのような人物を演じることを求めたという。芝居の枠の外から傍観するのではなく自分に対して芝居が起こってくるのであり、芝居の前半では注意深く自らを隠していた男が後半で苦しみのドラマに巻き込まれるのだという。

一九八二年RSC（ロイヤル・シェイクスピア劇団）のロン・ダニエルズ演出ではデレク・ジャコビが主演した。一九九一年夏グローブ座再建運動が進む中、劇場跡地での野外上演に選ばれたのも本作であった（マーク・ライランス演出・主演）。

一九九〇年ピーター・ブルックがフランス語で演出した公演（パリのブッフ・デュノール劇

場）は、翌年のアヴィニヨン演劇祭でも上演された。この公演ではアロンゾー（モーリス・ベニシュー）につき従う宮廷人はゴンザーロー（笈田ヨシ）のみであり、プロスペローをマリ共和国出身のソティギ・クヤテに配役することで魔術の体感を求めるなど新たな模索があった。エアリエル（バカリ・サンガレ）が頭に船の模型をつけて登場して何もない空間で演じるなど、ブルックらしい公演であった。

なお、一九九一年のピーター・グリーナウェイ監督、サー・ジョン・ギールグッド主演の映画『プロスペローの本』は本作に基づいた華麗なイメージの作品で、ギールグッドの模範的な朗唱が印象的である。

その後、新歴史主義批評、ポスト・コロニアリズム批評の影響を受け、エアリエルもキャリバンも帝国主義者プロスペローの強制的支配を受ける犠牲者であるとの見方が浮上し、一九九三年サム・メンデス演出のRSC公演では、怪優サイモン・ラッセル・ビールが反抗的エアリエルを演じ、抑圧者プロスペローにつばを吐きかけてみせた。ピーター・ホランドは「良い召し使いというのは喜んで仕えるものだという思い込みを打ち破り、プロスペローの扱い方はシコラックスが強いたような隷属と何も変わるところがないと知らしめるすばらしい創案だ」と絶賛した（*English Shakespeares* (Cambridge: Cambridge University Press, 1997), pp. 172-3）。

作品解釈

かつて『テンペスト』はロマンス劇の最後を締めくくる「赦しと再生の劇」であると解釈さ

れていた。もちろん本作の象徴的技法を強調したり、キリスト教視点から論じたりと、さまざまな見方はあったが、プロスペローには魔術師ジョルダーノ・ブルーノの影響があると強調するフランシス・イエィツでさえも、本作を「和解の劇」と位置付けていた（Frances A. Yates, *Shakespeare's Last Plays* (London: Routledge and Kegan Paul, 1975)『シェイクスピア最後の夢』藤田実訳（晶文社、一九八〇））。

と言うのも、他のロマンス劇三つも、失くしたものを回復して再生する劇であり、何らかの超自然の力が働き、傷が癒され、「赦しと再生」に至る構造は共通しているからだ。『冬物語』ではあらぬ嫉妬で妻と娘を死に追いやってしまった王が、深い後悔の末に、死んだはずの妻と娘を取り返して赦される劇であるし、『ペリクリーズ』も死んだはずの妻と娘を取り返すし、『シンベリン』もあらぬ疑いをかけて妻を死に追いやったと思い込んでいた男が、死んだはずの妻を取り返し、再び希望を得る劇である。『テンペスト』だけは妻ではなく公国を取り戻す点がちがうけれども、長年復讐を考えていたプロスペローが最後に「赦そう」と決意するところが作品の要だと考えられてきた。また、シェイクスピア最後の単独作ということで、魔法の杖を折ろうとするプロスペローと、筆を折ろうとするシェイクスピアとが重なるとして、プロスペローをもう一人の劇作家と看做す見方も多かった。このイメージは、グリーナウェイ監督映画『プロスペローの本』（一九九一）の基軸ともなっている。

しかし、ポスト・コロニアリズム批評の洗礼後、キャリバンを「化け物」「悪魔の申し子」「売り物になる魚」「珍妙なもの」などと呼ぶ蔑視はすべて白人が一方的に行っているものであって、キャリバンが「この島はおいらのもんだ。おふくろシコラックスから継いだのに、おまえが横取りしやがった」という主張や、キャリバンにだけは島の音楽の美しさがわかるように描かれている点に注目した見方が力を持ち、プロスペローの体現する帝国主義的支配の暴力性や、封建的父権性に批判の目が向けられるようになった。

確かに、プロスペローが娘に自分の思いどおりの男と結婚させようとするところはジュリエットの父親と変わらないし、エアリエルやキャリバンを脅して意のままに動かすのも帝国主義植民者の横柄そのものと言える。エアリエルは助けてもらった恩義があるとはいえ、その後拘束されることに抵抗している。デフォーの『ロビンソン・クルーソー』（一七一九）で命を助けてもらったフライデーが自分からクルーソーを「ご主人様」と呼んで一生忠節を尽くすと誓ったのとはちがって、プロスペローを「ご主人様」と呼ぶエアリエルは、従わなければ恐ろしい目に遭わせると脅されているのである。

ファーディナンドらに対しても魔法の力で拘束しており、最後にまるで善意の人のように振る舞えるのは、ミラノ公爵としての衣装に象徴される権威に守られているからにほかならない。

自分の島を白人が奪ったというキャリバンの主張に強く呼応したマルティニーク（カリブ海の西インド諸島に属する島）の詩人・劇作家エメ・セゼール（一九一三〜二〇〇八）は、一九六九年に翻案劇 *Une Tempête* をフランス語で書き、支配者プロスペローに抵抗するキャリバンの葛藤（かっとう）を描いた（砂野幸稔訳「もうひとつのテンペスト」、本橋哲也編『テンペスト』所収、インスクリプト、二〇〇七）。劇中キャリバンは、プロスペローに言語を押し付けられたことに抗議し、キャリバンという名前すら支配者に押し付けられたものとして拒絶し、Xと呼ばれることを望む。プロスペローの魔術とは、単に幻想を押し付ける虚構にすぎないと言うのである。

植民地支配が現地人の言葉を否定して支配者の言葉を教え込む言語支配によって進められたことは歴史が物語っている。

ミランダは――

かつておまえは（野蛮人）、
意味も分からず、ただ獣のようにわめくだけ。
私が意味のわかる言葉を与えたから、おまえは
言いたいことが言えるようになった。（第一幕第二場）

――と言うが、英語しか知らないミランダには現地の言葉がわめき声に聞こえただけではないのか。セゼールはキャリバン登場の第一声をUhuru!としている。この「自由」を意味するスワヒリ語は、当然プロスペローにはわからず、「何だって？」と聞き返したプロスペローは「野蛮人の言葉」を話すなと命じる。ミランダも、キャリバンが「意味も分からない」わめき声を出していたと言うとき、英語以外の言語を言語として認識できず、認識できなかった自分に問題があるとは考えずに、理解できない音を発する相手に問題があると考えた可能性もあるのではないか。支配階級の言語を話し、支配階級の価値基準に従わないかぎり、被抑圧者はそ

の声を声として認めてもらえない。従属させられる者は支配者の言葉に自らの声を埋もれさせるしかないことは、ガヤトリ・C・スピヴァク『サバルタンは語ることができるか』上村忠男訳（みすず書房、一九九八）が指摘するとおりである。

そもそもキャリバンやエアリエルがプロスペローらの言語を話すこと自体、自らのアイデンティティーを裏切る行為なのではないかと考えるとき、ファーディナンドがミランダと出会って「わが国の言葉を？」と叫ぶ台詞には本人が知る以上の意味がこめられていることになる。そして確かに『テンペスト』の中で言葉の問題は繰り返し語られ（第二幕第二場「いったいどこでこいつは俺たちの言葉を覚えたんだ？」参照）、ミランダのように言語を教える行為を善意のつもりで行っていて抑圧の自覚がない事態の恐ろしさが認識されるとき、キャリバンの「おまえらの言葉を教え込まれたおかげで、罵り方は覚えた」という趣旨の台詞のインパクトはますます強く感じられるようになる。シェイクスピアは、キャリバンに「おまえらの言葉を〜（your language)」と言わせているのである（傍点引用者、38ページ注3参照）。キャリバンのもともとの言語には、罵るという概念はなかったのかもしれない（モンテーニュの論考に「嘘、虚偽、裏切り、……悪口……といった言葉は、一切聞かれることがない」とある。１７６ページ参照）。

なお、今引用した箇所を含むミランダの十二行の台詞は、優しいミランダらしくないという理由で、ダヴェナント＝ドライデンの改訂版でプロスペローの台詞に変更され、その変更が一七三三年にルイス・シボルドによって校訂に採り入れられ、一九三九年のキタリッジ版まで長年採用され続けてきた経緯がある。校訂研究が進んだ現代では顧みられることのない古い慣習だが、一九五〇年初版の岩波文庫『あらし』豊田実訳のこの箇所に「大抵の版ではプロスペローとなってゐる」と注記がされていたり、現代の中国語版やロシア語版でもここがプロスペローの台詞になっている翻訳があったりするのは、そのためである。キャリバンを悪とし、ミランダを清純と決めつける思い込みがシェイクスピアのテクストの読解を妨げ、改変してきたわけだが、ようやく二十世紀後半になってシェイクスピアの書いたとおりに読まれるようになってきた次第である。こうしたところにも「シェイクスピアを読み直す」意義がある。

　セゼールの描くキャリバンは白人の支配に徹底して抗戦すべく、ミランダに対して欲情したりしないが、シェイクスピアの描くキャリバンはより人間的であり、劣情も催せば、自分の無力も自覚する。そして、あろうことか、プロスペローの支配から逃れるために自ら進んでステファノーに「旦那(だんな)の靴をなめさせてください」と言い、別の白人の奴隷になろうとする。それは、弱い立場にある者はあさましいほど卑屈になりえるものだというシェイクスピアの認識なのだろうか。あるいはそこに（当時のヨーロッパ人が従属させるのを当然視していた）他民族に対して、シェイクスピア自身が抱えていた差別意識がないと言いきれるだろうか。最終場でプロスペローが「この暗黒なるものは、私のものと認めましょう」と言うとき、それは彼（プロスペロー／シェイクスピア）自身が抱える「暗黒なるもの」を自覚してのことなのかもしれない。新歴史主義批評の領袖(りょうしゅう)スティーヴン・グリーンブラットは、その画期的な論考「罵り方を覚える」に於(お)いて、植民地支配者と劇世界を支配する劇作家が呼応し合うことを指摘し、「もし『テンペスト』が帝国に鏡を掲げるものであるなら、シェイクスピアは自らの行為の鏡像を用いている点できわめて微妙な立場にあるように思える」と指摘している（Stephen J. Greenblatt, *Learning to Curse* (New York and London: Routledge, 1990), p. 24）。

いずれにせよ、私たちはもはや『テンペスト』が内包する暗黒なるものを無視してこの作品を読むことはできなくなっている。そうした批評的な目をもってこの作品を読み直すとき、本作がヴァージニア植民地での活動を進めようとイングランドから出航したシー・ヴェンチャー号の海難の記述に基づいていることが新たな意味を持つようになる。なにしろバミューダ諸島の自然をわがものとしたイングランド人たちこそ現実の植民者であり、アメリカ大陸で彼らがインディアンと呼んだ現地人を虐げた迫害者であるからである。『テンペスト』第二幕第二場でトリンキュローが言う「死んだインディアンを見るためなら金を出そうっていう連中」のために、この作品は書かれたのである。

シー・ヴェンチャー号に先駆けてヴァージニアへ渡り、一六〇七～九年にジェイムズタウンの指導者となった荒くれ者の船乗りジョン・スミス（一五八〇～一六三一）は、現地のポウハタン族に対して脅迫と掠奪（りゃくだつ）を行ったが、帰国後回想録を出版し、ポウハタン族に殺されかけたとき、その部族の娘ポカホンタスが身を挺（てい）して救ってくれたという美談をでっちあげた。ディズニーが映画化もした「神話」だが、多くの問題を孕（はら）んでいる。

ミランダが「ああ、すばらしき新世界」と叫ぶとき、この世は実はそれほどすばらしくはないという劇的皮肉（ドラマティック・アイロニー）がどれほど深いものなのか、その判断は読者に任されている。

ポスト・コロニアリズム批評はジェンダー批評とも結びつく。スティーヴン・オーゲルが論文「プロスペローの妻」で論じるように、作中プロスペローの妻は不在であり、男性的支配のみが問題とされ、権力体制から排除される女性は無化される（Stephen Orgel, 'Prospero's Wife,' in Harold Bloom, ed., *William Shakespeare's 'The Tempest'*, Modern Critical Interpretations (New York, Chelsea House, 1988)）。その一方で、キャリバンの母親である魔女シコラックスの存在は、悪魔との不義の子としてキャリバンを貶める（おとしめる）ために何度も言及され、帝国主義的体制から逸脱するものとして特徴づけられることになる（レベッカ・ウィーバー＝ハイタワー『帝国の島々――漂着者、食人種、征服幻想』本橋哲也訳（法政大学出版局、二〇二〇）、143ページ参照）。

こうした批評の傾向は新歴史主義や文化唯物論が『テンペスト』の権力構造を暴き始めた一九八〇年代から始まっていた。ケンブリッジ大学出版局が一九九一年に刊行した『シェイクスピア・サーヴェイ43』は「『テンペスト』とその後」と題する巻になっているが、「当節の傾向は作品の韻文の美しさには目を向けず、植民地言説を中心とする文化的文脈に基づく批評が大勢を占めている」と記している。

二十世紀の終わりに、「ポスト・コロニアリズム批評に目を奪われすぎて、当時の政治的文脈を等閑視してはならない」とデイヴィッド・S・カスタンは警告していた。代わりにカスタンが注目したのが、神秘主義的な学問研究に没頭するあまり政治に失敗し、一六〇八年に弟マティアスに帝位を簒奪（さんだつ）された第六代神聖ローマ皇帝ルドルフ二世（一五五二～一六一二）だった（David Scott Kastan, *Shakespeare after Theory* (New York and London: Routledge, 1999)）。ルドルフ二世はオカルト神秘主義者であり、そのボヘミアの宮廷には、高名なオカルト主義で「魔術師」の異名も取ったジョン・ディー博士（一五二七〜一六〇八／九）も訪れるほどだった。ロバート・W・エヴァンズはその『魔術の帝国――ルドルフ二世とその世界』中野春夫訳（ちくま学芸文庫、二〇〇六）で、もう一人の魔術師ジョルダーノ・ブルーノが、神秘哲学に熱狂していたボヘミア王国の首都プラハを一五八八年に訪れたことを記している。弟に帝位を奪われたルドルフ二世は、ボヘミア王として統治を続けたが、一六一一年にはボヘミア王位も奪われた。公的実務を忘れて自然の秘密を研究して書斎にこもったルドルフの存在は、ベン・ジョンソンの『錬金術師』第四幕第一場で言及されるように当時広く知られていた。シェイクスピアが『テンペスト』を構想していた頃には、王女エリザベスとプファルツ選帝侯フリードリヒ五世との結婚が噂されていたが、プファルツ選帝侯領は神聖ローマ帝国の一部であったため、なおさらルドルフ二世への関心は高かっただろう。

『テンペスト』の直前に書かれた『冬物語』ではボヘミアが舞台になるが、実際フリードリヒ五世は一六一九〜二〇年にボヘミア王位に就き、エリザベスもボヘミア王妃となる。政略結婚によって国の安泰を維持しようとするプロスペローの思惑は、『テンペスト』の最も重要な観客となるジェイムズ一世が娘をフリードリヒ五世に嫁がせる思惑とも重なり、政治的にも意義のある作品になっていると言えよう。

しかし、当時のヨーロッパの政治問題と絡めて解釈する批評をも、ポスト・コロニアリズム批評と合わせてバッサリ斬って捨てるフランク・カーモードのような学者もいる（『シェイクスピアと大英帝国の幕開け』吉澤康子訳、河合監訳（ランダムハウス講談社、二〇〇八）、２４２ページ）。作品のまわりをあれこれ嗅ぎまわる前に作品そのものをきちんと読めということらしい。

ハロルド・ブルームもまた、植民地支配に傾く批評の傾向を批判しており、キャリバンに気を取られすぎであり、この劇はキャリバンよりもエアリエルの劇であって、それよりもプロスペローの劇なのだと喝破する（Harold Bloom, *Shakespeare: The Invention of the Human* (New York: Riverhead Books, 1998), pp. 662–84）。ブルームは作品ごとの主だった批評をまとめた Interpretations シリーズの新版を出しているが、その序文で『テンペスト』は大団円にプロスペローの憂鬱がつきまとうところが重要なのであり、その憂鬱はキャリバンの問題ではないと断言する（Harold Bloom, ed., *William Shakespeare's 'The Tempest'*, Modern Critical Interpretations, New Edition (New York, Bloom's, 2011), p. 2）。

実に『テンペスト』ほど、さまざまな批評の切り口を受け容れる作品はない。新ケンブリッジ版編者はその長い序論を始めるに当たって、アン・バートンの次の言葉を冒頭に掲げている。

> 『テンペスト』は実に心の広い芸術作品である。この作品に押し付けられたどんな解釈、どんな意味も大概受け容れてしまう。しかも、そうした解釈を輝かせてくれる作品なのだ。
>
> (Anne Barton, ed., *The Tempest*, The New Penguin Shakespeare, p. 22)

『テンペスト』を契機に生まれるさまざまな批評の豊かさも含めて、この作品の魅力なのだと言えよう。この翻訳でどこまで表現し得たかは心許ないが、原文の持つ美しさや溢れる幻想性も重要であることも申し添えておきたい。

『テンペスト』を契機にシェイクスピアは筆を折って故郷に引退しようとしていたとされるが、シェイクスピアは当時まだ四十七歳。現代ならまだ働き盛りの年齢ではないかと驚いてしまうが、ソネット第二番を見てもわかるように、シェイクスピアは四十歳で年寄りと感じていたらしい。そして実際、このとき彼はおじいさんでもあった。孫娘エリザベスは一六一一年二月で三歳になろうとしていた。「おまえはまだ三歳にもなっていなかった」（第一幕第二場）とプロスペローは過去を振り返ってミランダに語る。「三歳にもなっていない」という年齢設定がすっと出てきたのは、ひょっとしてシェイクスピアの脳裡に孫娘の姿がよぎったからだろうか。

最後に、翻訳に当たって、ＯＥＤが『テンペスト』からの用例を挙げてその語義を示した一〇四七件について、検索機能を用いて割り出し、すべてチェック済みであることを念のためにお断りしておく。

二〇二三年十二月

河合祥一郎

本書は訳し下ろしです。

新訳（しんやく） テンペスト

シェイクスピア　河合祥一郎（かわいしょういちろう）＝訳

令和６年　２月25日　初版発行

発行者●山下直久

発行●株式会社KADOKAWA
〒102-8177　東京都千代田区富士見2-13-3
電話　0570-002-301（ナビダイヤル）

角川文庫 24045

印刷所●株式会社暁印刷
製本所●本間製本株式会社

表紙画●和田三造

●お問い合わせ
https://www.kadokawa.co.jp/（「お問い合わせ」へお進みください）
※内容によっては、お答えできない場合があります。
※サポートは日本国内のみとさせていただきます。
※Japanese text only

ISBN 978-4-04-114195-3　C0197

◇◇◇